KB136315

THE TWO GENTLEMEN OF VERONA

베로나의 두 신사

신정옥 옮김

전예원

『셰익스피어전집』을 옮기고 나서

　숙명처럼 혹은 원죄(原罪)처럼 나의 삶과 정서를 지배하던 먹구름은 이제 걷히고 맑은 하늘이 열리고 있다. 하지만 나의 마음은 왠지 허전하고 공허하다. 셰익스피어와의 힘겨운 싸움에 쇠잔한 때문일까.

　나는 이제 셰익스피어가 그의 전생애에 걸쳐 이룩한 장막희곡 37편과 3편의 장편시, 그리고 소네트를 우리말로 옮기는 작업에 종지부를 찍었다. 돌이켜보면 셰익스피어 문학에 어렴풋이나마 눈이 뜨이고 귀가 열린 것은 대학원 시절 『한여름밤의 꿈』을 번역하면서 비롯되었는데, 그때 내 마음 속 깊이 자리잡은 셰익스피어가 나를 운명처럼 괴롭힌 지도 어언 20여 년이나 된다. 지난 오랜 세월 동안의 나의 외로운 번역작업은 문자 그대로 인고(忍苦)의 세월이었다.

　"그 진실 때문에 고통의 모습을 사랑한다."고 토로한 미국의 청교도 여류시인 에밀리 디킨스의 말처럼, 위대한 인간성에 대한 끝없는 사랑과 아름다움에 따뜻한 시선을 던지는 셰익스피어 문학의 진실 때문에 나는 그를 우리말로 옮기는 고통을 감내해 왔는지도 모른다.

　그러면서도 사실 내가 셰익스피어 작품에 매료된 가장 큰 원인은 바로 그의 언어의 천재성 때문이었다. 언어가 빚어낸 비극성과 희극성이 그를 인류 역사에 찬연히 빛나는 불멸(不滅)의 극시인으로 만들었고, 신선한 탄력이 나를 사로잡았던 것이다.

어디 그뿐이랴. 시적 아름다움과 향기가 깃들여 있어서 매우 심도(深度) 있는 함축성을 지닌 문체에다 음악의 미와 이미지의 미가 유기적으로 융합됨으로써 아름다움이 더욱 빛을 발하고 있는 것이다.

따라서 태반이 이중 영상적(映像的)인 그의 언어는 윤기마저 흐른다. 그의 언어는 싱싱하게 살아 숨쉰다. 영혼의 심연(深淵)으로부터 우러나오는 언어의 광채와 언어의 맥박의 울림 속에서 극적 전개를 이룩해 나가는 것이 셰익스피어의 극인 것이다. 그래서 엘리자베스 시대의 영국 국민들은 셰익스피어의 극에서 시각적인 감동보다도 청각적인 짜릿한 감흥에 젖어들기를 좋아했다. 이를테면 눈으로 보는 연극보다도 귀로 듣는 연극을 좋아했고 탐닉했던 것이다.

셰익스피어의 신성(神性)에 가까운 언어의 천재성은 그의 작품을 번역하는 사람들에게 적지 않은 어려움을 안겨 왔다. 나역시 그러한 곤혹스러움에 빠져 후회가 되기도 했다. 그리하여 한 작품의 번역이 끝나고 그 다음 작품에 손을 댈 때마다 '잘못 씌어진 책은 실수이나 좋은 책의 오역은 죄악이다.'라는 명구가 나를 긴장시키곤 했다. 그러한 심신의 동요 속에서도 이렇게 전집을 펴낼 수 있었던 것은 순전히 주변의 가까운 선배·동료의 격려 덕분이라고 생각한다.

여하튼 셰익스피어 원작을 번역함에 있어 나는 무분별한 직역과 지나친 의역을 피해서 될 수 있는 대로 원전에 충실하기로 방침을 세웠다. 원전과 번역의 거리를 최대한 축소시켜, 원전의 의미와 향취를 살리면서도 오늘의 감각과 취향에 맞도록 하기 위해서 애를 썼다.

따라서 "번역은 충실하면 충실할수록 더 아름답고 아름다우면 아름다울수록 덜 충실하다."라는 폴 발레리의 고백을 교훈삼아 나의 번역도 그렇게 지향하려고 노력했다.

두말할 나위 없이 셰익스피어 작품의 훌륭한 번역가는 세 개의 얼굴을 가진 그리스의 아르테미스 여신보다도 한 개가 더 많은 얼굴을 가져야 된다고 한다. 즉, 네 개의 얼굴(四面性)이란 비평가적 얼굴, 언어학자적 얼굴, 연출가적 얼굴, 시인적 얼굴, 다시 말해서 비판의식과 어휘의 풍부함과 무대지식과 시인적 감각을 가리킨다. 이러한 사면성이 탄탄하게 갖춰졌을 때 비로소 극시인의 본래의 사상과 이미지, 그리고 영상을 충실하게 드러낼 수 있다고 하겠다.

나는 과거에 출간된 셰익스피어의 번역물들의 공통적 특성이라 할 산문투의 대사를 지양하고 될 수 있는 대로 무대언어로 옮기려고 노력했지만 뜻대로 되지 않은 점이 있어 아쉬움이 없지 않다.

그러나 셰익스피어 작품 완역(完譯)이 한국 출판문화, 더 나아가 정신문화를 윤택하게 하는 데 한 알의 밀알이 되었으면 하는 바람을 갖고 있다. 앞으로 좋은 번역이 나오는 데 있어 나의 역서가 한 징검다리가 될 수만 있다면 기쁘겠다.

끝으로 셰익스피어 전집이 우리말로 옮겨져 나오기까지 거친 원고를 정리하고 교정하여 책으로 만드는 데 많은 수고를 아끼지 않으신 도서출판 전예원 편집부원들과 따뜻한 정의(情誼)와 격려를 주신 분들에게 감사한다.

특히 건전한 번역문화를 선도하는 전예원 金鎭洪 박사의 각별한 배려와 후원에 크게 힘입었음을 밝히면서 동시에 따뜻한 감사를 드린다.

1995년 가을
신정옥

베로나의 두 신사

〈등장인물〉

밀라노의 공작　　실비어의 아버지

발렌타인
프로튜스　　　베로나 시의 두 신사

앤토니오　　프로튜스의 아버지

수리오　　발렌타인의 우둔한 경쟁자

에글러무어　　실비어가 도주할 때 도움을 주는 사람

스피드　　발렌타인의 광대 같은 하인

라안스　　프로튜스의 광대 같은 하인

판시노　　앤토니오의 하인

여관 주인　　줄리어가 숙박한 밀라노의 여관 주인

산적들

줄리어　　프로튜스의 애인인 베로나의 여인

실비어　　발렌타인의 애인인 공작의 딸

루셋타　　줄리어의 하녀

기타　　하인들, 악사들

〈장소〉

베로나, 밀라노 및 그 근처의 숲

제 1 막

●

그렇지만 작가들의 말을 빌리면
가장 아리따운 꽃봉오리 속에 해충이 숨어
있고, 가장 현명한 지혜 속에 그것을 갉아먹는
사랑이 도사리고 있다고 하지 않는가.
— 1장 프로튜스의 대사 중에서

제 1 장 베로나

줄리어의 집 부근의 거리. 나무들과 의자가 놓여 있다. 여행복 차림을 한 발렌타인이 프로튜스와 함께 등장.

발렌타인 프로튜스, 날 설득하는 건 이제 그만둬. 집안에만 죽치고 있는 사람이야 우물안 개구리지 뭘 알겠나. 자네가 사랑의 사슬에 묶여 애인의 아름다운 눈길에 꼼짝 못하고 있으니, 그렇지 않다면야 함께 세상 풍물을 구경하고 싶다구. 제 나라에 틀어박혀 무위소일하고 청춘을 허송세월하는 것보다 몇 배 나을 거야……그러나 자넨 이왕지사 사랑에 빠져 있으니 열매를 맺도록 하고, 나도 사랑을 하게 된다면 역시 자네와 같았으면 해.

프로튜스 그래, 꼭 떠나겠는가? 발렌타인, 그럼 잘 가게. 여행중에 ——우연히 ——진기한 것을 보게 되거든 이 프로튜스를 생각해 주라구……또 좋은 일이 생기거든 나도 그 행복에 한몫 끼도록 소망해 주고. 그리고 위험한 경우에 ——자네가 위험한 지경에 빠지거든——그 난리 제거의 기도를 나에게 맡겨 주는 거지. 발렌타인, 난 자네를 위해서 늘 기도할 거니까.

발렌타인 성서가 아닌 사랑의 책에 손을 얹고 나의 성공을 기도해 주겠지!

프로튜스 내가 가장 사랑하는 책에 두고 기도해 주지.

발렌타인 그건 젊은 연인 리안더가 히이로를 사모하여 헬레스폰트 해협을 헤엄쳐 건너갔다는 둥, 사랑은 깊으나 내용이 얄팍한 이야기의 책이겠지.

프로튜스 아냐, 사랑도 깊지만 내용도 깊은 이야기야. 그 청년은 허리까지 깊숙이 사랑에 빠져 있다지 뭔가.

발렌타인 그야 그렇겠지, 자네야 목까지 푹 사랑에 빠져 있으니까. 아직 자네는 헬레스폰트의 해협을 헤엄쳐 가진 못했지.

프로튜스 목까지 빠졌다? 그런 뚱딴지 같은 소리는 그만 하게.

발렌타인 하기야 한다고 해봤자 자네에겐 별 소용도 없으렷다.

프로튜스 무엇이?

발렌타인 연애를 한다는 것은 말야, 신음하며 경멸을 사들이는 거고, 가슴 아픈 한숨을 땅이 꺼져라 내쉬며 애인의 눈살을 찌푸리게 하는 거야. 스무 날 밤 동안 잠 못 이루며 기다린 끝에 겨우 덧없는 한순간의 쾌락을 얻는 거지. 운좋게 사랑에 성공한다 해도, 얻는 것이라곤 아무 쓸모도 없는 것이라구. 만약 실패라도 한다면 그때는 고생 끝에 고통을 당하는 거지. 어쨌든……슬기로 바보짓을 하거나, 바보짓을 해서 슬기를 날려보내거나 둘 중의 하나지.

프로튜스 자네 말본새를 보니 필경 나를 바보로 치부하는 것 같군.

발렌타인 자네가 하는 꼴을 보니 필경 그렇게 될 것 같아서 그래.

프로튜스 자네가 사랑을 트집 잡고 있는데, 내가 뭐 사랑의 신(神)이라던가?

발렌타인   사랑의 신이 바로 자네의 주인이지. 자네를 좌지우지하고 있지 않은가. 그러니 바보에게 얽매여 있는 자를 어찌 현명한 사람이라고 치부할 수 있겠나?

프로튜스   그렇지만 작가들의 말을 빌리면 가장 아리따운 꽃봉오리 속에 해충이 숨어 있고, 가장 현명한 지혜 속에 그것을 갉아먹는 사랑이 도사리고 있다고 하지 않는가.

발렌타인   그런데 작가들은 이렇게도 말하거든. 가장 일찍 맺은 꽃봉오리는 채 피기 전에 해충이 갉아먹고, 꼭 그와 같이 피기 전의 새파란 젊음의 지혜는 사랑이 숙맥으로 만든다던가 ——— 꽃봉오리 채 시들고 한창 좋은 봄날에도 싱그러운 빛은 사라지고, 미태의 아름다운 희망의 성취도 잃어버리게 된다구……아니, 내가 왜 사랑의 우둔한 탐닉자가 된 자네에게 이렇게 시간을 허비하며 충고하는지 모르겠다. 자, 한번 더 작별인사를 하세. 아버님이 항구에서 날 기다리고 계신다네, 내가 승선하는 걸 보시겠다구.

프로튜스   발렌타인, 나도 거기까지 바래다주지.

발렌타인   프로튜스, 괜찮아. 여기서 작별하지. 밀라노로 편지를 써서 자네 사랑의 진척이라든가, 그밖에 내가 없는 동안에 일어난 일들을 알려다오, 나도 소식 전할 테니.

프로튜스   행복하게 지내라구, 밀라노에서.

발렌타인   고향에 남은 자네도 행복하고. 그럼, 잘 있어.
(두 사람 포용한다. 발렌타인 퇴장)

프로튜스   그는 명예를 쫓아가고, 난 사랑을 좇는구나. 그는 친구들을 더 빛내주기 위해서 친구들을 떠나고, 난 사랑

을 위해서 나 자신도 친구도 버리는 거지 뭔가……줄리어
여, 그대는 날 딴사람으로 만들었어. 학문을 등지고 시간을
낭비하고 좋은 충고를 거역하고 세상을 무시하고 지혜는 망
상으로 약해지고, 이 시름 저 시름에 가슴이 답답하구나.

　스피드 짐짝을 들고 헐레벌떡 달려온다.

　스피드　프로튜스 도련님……안녕합쇼……우리집 도련
님 못 보셨나요?
　프로튜스　지금 막 밀라노로 가는 배를 타러 갔느니라.
　스피드　그럼 십중 팔구 배에 오르셨겠습니다요. 전 도련
님을 놓치고 멍청한 양의 꼴이 됐구먼요.
　프로튜스　말 한번 잘했다, 과연 양이란 놈은 양치기가 잠
시만 한눈을 팔아도 곧잘 길을 잃는단 말야.
　스피드　그러시다면 우리 도련님이 양치기고, 소인이 양
이란 말씀인가요?
　프로튜스　암, 그렇지.
　스피드　그럼 저의 것은 도련님 것이니 결국 소인의 뿔이
도련님 뿔이 되는 거죠?
　프로튜스　멍청한 양에게 알맞는 멍청한 대답이로군.
　스피드　그나저나 제가 바로 양이란 말씀이시죠?
　프로튜스　그렇대두. 네 도련님은 양치기구.
　스피드　안 그래요, 자세히 증거를 대드리겠습니다요.
　프로튜스　틀림없이 그렇다니까! 나도 다른 증거를 들어
서 증명해 주지.
　스피드　양치기가 양을 찾지, 양이 양치기를 찾는 거 봤어

요? 아무튼 소인이 우리 도련님을 찾고 있는 것이지, 우리 도련님이 소인을 찾는 게 아니거든요. 그러니까 전 양이 아니에요.

프로튜스 양은 먹이 때문에 양치기를 따르는 거야. 양치기가 먹는 것 때문에 양을 따라가는 건 아니라구. 넌 품삯 때문에 주인을 따르는 거고, 네 주인이 품삯 받겠다고 널 따라가는 건 아니잖아. 그러니 네가 양이란 말이다.

스피드 또 그런 증명을 듣게 되니 소인은 "음매애!" 하고 소리를 질러야겠습니다요!

프로튜스 그건 그렇고, 이봐, 내 편지를 줄리어에게 전했느냐?

스피드 네, 그럼요. 길잃은 양인 소인이 길을 잃게 하는 그 아가씨 양에게 도련님 편지를 전했습죠. 그런데 젠장, 길을 잃게 하는 그 암양은 길잃은 이 양에게 수고값도 주지 않지 뭐예요.

프로튜스 그렇게 많은 양떼의 목초로는 너무 약소하겠지만 자, 받아둬라.

스피드 목장이 비좁다면 그 암양을 쿡 찔러 버리는 게 가장 좋잖아요?

프로튜스 야 이놈아, 말버릇 한번 고약하구나……내가 정말 널 구금해 둬야겠다.

스피드 아니, 거금을 줘요? 편지 한번 전한 품값으로는 너무 과분한뎁쇼.

프로튜스 내 말을 잘못 들었구나. 구금해 둔단 말이다, 거금을 준다는 게 아니라 널 가둬 둔단 말이다.

스피드 어렵쇼, 거금에서 감금으로 떨어지다니——치마 벌리고 뺨맞는 격이군. 연애편지 전한 수고값치곤 쥐똥만도 못한뎁쇼.

프로튜스 그리고 줄리어 아가씨가 뭐라고 하시던? (스피드 고개를 끄덕인다) 끄덕하시던?

스피드 예.

프로튜스 끄덕했으니(nod) "예(ay)"란 말이구나. 꿀 먹은 벙어리(noddy)란 말이지?

스피드 잘못 알아들으셨어요. 줄리어 아가씨께선 끄덕하셨단 말씀예요. 그리고 도련님께서 그 아가씨가 끄덕하시더냐고 물으시기에 소인이 "예" 하고 대답한 것 아닙니까요.

프로튜스 그래서 꿀 먹은 벙어리라고 한 게 아니냐?

스피드 아니, 도련님이 갖다 붙이신 이름이니, 그 별명은 도련님께 바치겠습니다요.

프로튜스 아니다, 내 편지를 전해 준 수고비조로 너에게 준다.

스피드 이거야 도련님한테 당할 수가 있어야죠. 그러니 소인이 참을 수밖에요.

프로튜스 뭐라구? 참기는 뭘 참는단 말이냐?

스피드 원 참, 연애편지 잘 전해 드린 대가로——겨우 꿀 먹은 벙어리 소리나 듣게 됐으니까요.

프로튜스 젠장, 네 말재간도 꽤나 날쌔구나.

스피드 그래도 도련님의 느림보 구두쇠 지갑은 따라잡을 수가 없는 걸요.

프로튜스 자, 어서 이실직고하라구. 아가씨께선 뭐라고 그러셨는지 간단히 말해 보아라.

스피드 그럼 도련님도 지갑을 까발리세요. 그러면 돈과 용건이 한꺼번에 쏟아져 나오잖아요?

프로튜스 자. (돈을 내준다) 수고값이다……줄리어가 뭐라고 하셨느냐?

스피드 (모멸스럽게 동전을 쳐다보며) 도련님께서 그 아가씨를 손에 넣기는 좀 힘드실 것 같은데요.

프로튜스 왜 그런 느낌을 받았느냐?

스피드 받기는 뭘 받아요? 아무 느낌도 받은 게 없다니까요. 아니 도련님 편지를 전해 드렸는데도 돈 한푼 받지 못한 걸요. 도련님의 마음을 전해 드렸는데 말예요. 소인에게까지 그렇게 쌀쌀맞은 걸 보니, 도련님이 아무리 심정을 털어놓아도 아가씨 마음 잡기는 어렵겠어요……그 아가씨에게 선물을 하시려거든 돌덩어리나 주세요, 마음이 강철같이 차고 무정하니까요.

프로튜스 도대체 뭐라고 하신 거냐? ——아무 말도 없었어?

스피드 (냉담하게) 예, 없었어요. "수고했다, 이걸 받아라." 하는 말도 없었습죠……도련님의 호의에는 너무나 고마워 눈물이 삐져 나와요, 제게 몇 푼 주셨으니까요. 그 답례로 앞으로는 도련님 편지는 도련님이 직접 전하세요. 자, 그러면 우리 도련님께 안부 전해 드립죠. (그는 거드럭거리며 떠난다)

프로튜스 (화가 치밀어) 그래 꺼져라, 이 멍청아. 어서 저 배에 올라타, 그래 배를 살려라. 네놈이 배를 타면 난파는 면

할 수가 있을 거다. 네놈은 꼭 육지에서 교수형을 당할 운명
이니 말이다……앞으로는 똘똘한 놈을 보내야겠다. 줄리어
가 저런 멍청이한테서 편지를 받았으니 내 글을 얕잡아봤을
거 아냐! (퇴장)

제 2 장 베로나. 줄리어의 집 정원

줄리어와 루셋타 등장.

줄리어 하지만 말이다, 루셋타——이제 우리 둘뿐이야
——그래 날더러 사랑을 하라 이 말이지?

루셋타 그래요 아가씨, 행여 엉뚱한 남자한테 걸려들면
안 되니까요.

줄리어 (앉는다) 매일 날 만나러 와서 얘기를 하고 가는
많은 신사분들 중에서 넌 누가 제일 사랑할 만한 사람이라
고 생각하지?

루셋타 이름을 주욱 말씀해 보세요. 어리석고 천박한 소
견이지만 제 생각을 말씀드릴 테니.

줄리어 얼굴이 청수한 에글러무어 경은 어떠니?

루셋타 말본새가 좋고, 몸차림도 단정하고, 멋쟁이 기사
지만 저 같으면 택하지 않겠어요.

줄리어 부자 머캐시오 님은 어떻게 생각하니?

루셋타 부자이긴 하지만 인물이 좀.

줄리어 (굽어보며) 얌전한 프로듀스 님은?

루셋타 에그머니……내가 왜 이렇게 숙맥이람!

줄리어 (예리하게) 왜 그러느냐! 그분 이름이 나왔는데
왜 호들갑을 떨지?

루셋타 (정색을 하고) 용서하세요, 아가씨——정말 주
책없이 저같이 천한 것이! 귀하신 어른들을 입에 올리며 씨

부렁대다니.

    줄리어   다른 분들은 다 이야기하면서 왜 프로튜스 님에 대해서는 뻥긋도 안 하지?

    루셋타   그럼 말씀드리지요……제 생각에 그분은 가장 훌륭한 분이에요.

    줄리어   이유는?

    루셋타   이유랬자 여자의 마음이죠, 뭐. 그분이 제일 마음에 드니까 그렇게 생각하는 거지 뭐예요.

    줄리어   그럼 넌 내가 그분에게 사랑을 바쳐도 좋단 말이지?

    루셋타   예……아가씨의 사랑이 실수 없는 것이 되려면요.

    줄리어   그래도 그분은 한번도 내게 구애를 하지 않으셨어.

    루셋타   하지만 그분이야말로 남들과 달리 아가씨를 가장 사랑하고 계셔요.

    줄리어   말수가 적은 것은 사랑이 작다는 증거겠지.

    루셋타   꽉 갇혀 있는 불꽃이 제일 강렬하게 타오르는 법이에요.

    줄리어   애정을 겉으로 나타내지 않는 것은 사랑이 없다는 얘기야.

    루셋타   그렇지 않아요, 남에게 내보이는 사랑은 깊은 사랑이 못 돼요.

    줄리어   그분의 속마음을 알고 싶어.

    루셋타   이 편지를 읽어 보세요, 아가씨. (줄리어 편지를 받는다)

    줄리어   "줄리어에게"……이건 누구한테서 온 거지?

루셋타 읽어 보면 아실 거예요.

줄리어 어서 말해 봐……. 누구한테서 받은 거지?

루셋타 발렌타인의 하인요. 아마 프로튜스 님의 심부름을 왔나 봐요. 그 하인은 직접 아가씨께 편지를 드리려고 했는데, 마침 제가 그곳에 있어서 아가씨 대신 제가 받았지 뭐예요. 제 실수지만 용서하세요.

줄리어 (화가 난 척한다) 저런──그럴 수가 있담! ──너야말로 맹랑한 중신에미구나……그래 네가 그 엉뚱한 글귀를 맡아 가지고 있으면서 살짝 속삭이며 나의 젊음을 후려볼 심사냐? 실로 훌륭한 역을 맡았군그래. 너야말로 그런 일에 적임자다……(편지를 내밀며) 자……이 편지를 가지고 가서……꼭 돌려 줘야 한다. 내 말을 어기려거든 다시는 내 앞에 나타나지도 마라.

루셋타 사랑의 심부름 값으로 미움을 받게 되다니.

줄리어 (발을 구른다) 썩 물러가지 못해?

루셋타 (안으로 들어가며) 깊이 생각해 보시라구요.

줄리어 그 편지를 한번 읽어볼 걸 그랬다. 루셋타를 도로 불러서 꾸짖은 걸 사과하자니 창피한 일이고……그 계집애도 맹꽁이지, 내가 처녀란 걸 뻔히 알면서 억지로라도 편지를 보여 주려고 하지 않다니. 처녀란 상대방에게 "좋다"라는 뜻이 있어도 수줍어서 "싫다"고 말해 버리잖아……흥, 흥! 어리석은 사랑이 참으로 변덕스럽기도 하지. 성미 급한 젖먹이처럼 유모를 못 살게 쥐어뜯다가도 금세 순해져서 유모의 회초리에다 입을 맞춘단 말이야! 실은 루셋타에게 호통을 쳤지만 마음속으로는 그녀가 가지 않고 있어 주었으면

했는데! 내가 성을 발칵 내며 눈살을 찌푸렸지만 가슴속은 기뻐서 억지로 웃음을 누르고 있었어! 정말 후회가 되지 뭐야, 그래, 루셋타를 다시 불러내 잘못을 사과해야겠다. 얘! 루셋타!

루셋타 다시 등장하지만 프로튜스의 편지를 떨어뜨린다.

루셋타 부르셨어요, 아가씨?

줄리어 식사때가 됐지?

루셋타 그랬으면 합니다——아가씨께서 배가 부르게 되면 하녀한테 성을 내시는 일이 없을 테니까요. (프로튜스의 편지를 줍는다)

줄리어 무얼 그리 거추장스럽게 줍고 있느냐?

루셋타 아무것도 아니에요.

줄리어 그럼 왜 허리를 굽혔어?

루셋타 떨어뜨린 편지를 주으려고요.

줄리어 그래, 편지가 아무것도 아니라구?

루셋타 저에겐 상관없는 거예요.

줄리어 그렇다면 그대로 내버려 두렴. 관계 있는 사람이 줍겠지.

루셋타 아가씨, 이 편지는 거짓말하는 게 아니에요. 읽는 사람이 오해하게 되면 도리 없지만.

줄리어 아마 네 연인이 시를 적어 보낸 모양이구나.

루셋타 곡조에 맞춰 불러야 하는 건데……아가씨, 아가씨가 악보를 만들어 주셔야 해요——아가씨 구미에 맞게 말이죠.

줄리어   난 그런 쓸데없는 일에는 뛰어들고 싶지 않아. '가벼운 사랑'이란 곡조에 맞춰 부르면 좋을 거야.

루셋타   그런 가벼운 곡조에 비해서는 가사가 너무 무거워요.

줄리어   무겁다구? 저울추라도 달린 모양이군.

루셋타   예……아가씨께서 그걸 노래하시면 꼭 어울릴 거예요.

줄리어   너는 못 하니?

루셋타   전 그렇게 높은 곳(음)까지 못 가요.

줄리어   그 노래 좀 보자, 보자는데두……

줄리어 편지를 낚아챈다. 루셋타 황급히 편지를 등 뒤로 숨기고 도망친다.

에잇, 이 심술아! (루셋타를 쫓아간다)

루셋타   (어깨 너머로) 노래하시려거든 거기서 가만히 곡조를 틀리지 않게 부르셔야죠…… (줄리어가 그녀를 따라잡는다) 어머, 이런 곡조는 제가 좋아하지 않습니다요.

줄리어   (루셋타를 꼬집으며) 그래 싫단 말이지?

루셋타   그래요 아가씨, 그 소린 너무 높은 음자리예요.

줄리어   (루셋타를 때린다) 요──말괄량이야──네 심통이 못돼서 그런 거야.

루셋타   아니에요, 이번엔 너무 낮은 음자리인 걸요. 그렇게 성급히 하시면 소리의 조화가 깨져요. 아가씨 노래에는 중간음이 필요해요.

줄리어   중간음은 네 굵은 베이스 소리에 다 뭉개져 버려.

루셋타 그렇습니다, 전 프로튜스 님 때문에 술래잡기를 한 거예요.

줄리어 또 입을 나불대기만 해봐라. (그녀 편지를 찢는다) 하찮은 것이 시끄럽게 만드는구나……냉큼 가봐. (루셋타 허리를 굽힌다) 편지는 그냥 내버려 둬……손가락을 댔다간 혼날 줄 알아.

루셋타 (방백) 아가씨는 일부러 그러시는 거라구, 마음속으론 이런 편지를 또 한 장 받아 또 성을 내보고 싶을걸. (퇴장)

줄리어 이런 편지를 또 한 장 받아서 다시 화를 내봤으면 좋겠다……아, 얄미운 이 손 같으니. 이렇게 다정한 말들을 찢어버리다니. 위해를 가하는 말벌같으니, 달콤한 꿀을 받아 먹으면서도 그 꿀을 내준 꿀벌들을 침으로 쏘아 죽이다니. 보상하기 위해서도 이 찢어진 편지 조각에 키스해야지…… (찢어진 편지 조각을 줍는다) 어머 이것 봐, '그리운 줄리어'라고 씌어 있네……비정한 줄리어를 보고 말야. 배은망덕에 앙갚음하듯이 줄리어란 이름에 태질을 해서 저 험상궂은 돌에 패대기쳐 인정사정없이 짓밟아주고 싶다. 여기엔 '사랑에 상처 입은 프로튜스'라고 씌어 있네……가엾게도 상처 입은 이름이여, 내 가슴을 침대삼아 그 상처가 깨끗이 치유될 때까지 쉬게 해드릴게요. 영험 있는 키스로 그 상처를 아물게 해드릴게요……어머나, 이걸 어쩌지, 여기저기에 '프로튜스'라고 씌어 있네. (허리를 굽혀 찾는다) 산들바람아, 불지 마라. 소중한 편지 속의 한 마디 한 마디를 빼놓지 않고 다 읽을 때까지 내 이름만은 빼고 한 자라도 날려 버려선 안 돼.

그래, 내 이름자는 회오리바람이 불어서 험준한 절벽 바위에 부딪쳐 사나운 바다 속에 휩쓸려 들어가라……아이구머니, 이것 봐, 한 줄에 그분 이름이 두 번이나 적혔네. '불쌍하고 외로운 프로튜스, 열병을 앓는 프로튜스로부터 그리운 줄리어에게'라고 말야……내 이름은 찢어버릴 테다……아니야 그래선 안 돼, 내 이름이 이렇게 예쁘게 안타까워하는 그분 이름과 나란히 적혀 있으니. 옳지, 이렇게 내 이름을 그분 이름 위에다 포개야지. 자 이제 키스를 하든지 안아 주든지 싸우든지 마음대로 하거라.

　　루셋타 다시 등장.

　　루셋타　아가씨……(줄리어 놀라 벌떡 일어난다) 식사 준비가 됐어요……아버님께서 기다리고 계십니다.
　　줄리어　(냉정하게) 그래, 가자.
　　루셋타　맙소사, 고자질이라도 하라는 듯이 편지 쪽지들을 이렇게 내버려 두시면 어떻게 해요?
　　줄리어　걱정이 되거든 네가 주워 두지 그러느냐.
　　루셋타　아까는 그걸 떨어뜨렸다고 꾸중을 들었는데…… 이렇게 여기 내버려 두었다간 감기 들겠다. (편지를 주워 모은다)
　　줄리어　이제 보니 그 편지에 꽤나 신경이 쓰이나 보구나.
　　루셋타　그럼요, 아가씨께서 보시는 것처럼 저도 다 본 걸요, 제가 까막눈인 줄 아시겠지만요.
　　줄리어　자, 어서 가자. (두 사람 식사를 하러 간다)

제 3 장 베로나. 앤토니오 집의 한 방

앤토니오와 그의 하인 판시노 등장.

앤토니오 판시노, 내 형이 수도원에서 널 붙들고 심각하게 얘길 하던데, 무슨 얘기더냐?

판시노 어르신의 조카 즉 나리의 아드님에 관한 얘기였습죠.

앤토니오 뭐야? 내 자식놈이 어쩌구 어쨌다구?

판시노 어르신네께서는 나리가 왜 자식을 본국에다 꽉 붙들어 놓고 허송세월을 하게 하시는지 이상하다고 하셨습니다요. 지체가 낮은 사람들도 자제들을 외국으로 내보내서 출세시키려 하지 않습니까? 전쟁터에 내보내서 운명을 가늠하게도 하고, 먼 바다로 보내서 섬을 발견케도 하고, 학문을 위해서 대학에도 보내고요……프로튜스 도련님께선 그 어느 것 하나든지, 아니 그 모든 성취를 이루어 내실 분이시니 소인이 잘 말씀드려서 도련님이 이 이상 더 본국에서 헛되게 세월을 보내지 않도록 간청해 보라고 하시더군요. 젊어서 여행을 못 하면 늙어서 큰 장애가 될 거라고도 말씀하시더군요.

앤토니오 그 일이면 네가 간청할 것도 없다. 실은 나도 이 한 달 동안 그 일에 골몰해 왔느니라……그애가 덧없이 세월만 축내고 있는 것도 잘 알고 있다. 그리고 세상에 나가서 시련도 겪고 배워가면서 경험을 쌓지 않고는 완전한 인간이 못 된다는 것도 잘 알고 있다. 경험을 쌓는다는 것도 부지런해야 되는 법이고 사람은 분주한 시간의 흐름 속에서 성숙되어 간다. 그렇다면 내 아들을 어디로 보내는 게 가장 좋겠느냐?

판시노 나리께서도 잘 아시는 대로 도련님의 친구 발렌타인 님이 밀라노궁에서 황제를 모시고 있지 않습니까?

앤토니오 잘 알고 있느니라.

판시노 도련님을 그곳으로 보내시는 게 좋을 것 같은뎁쇼. 거기선 창(槍) 시합이나 마상 시합도 할 수 있고, 좋은 이론도 귀담아 들을 수 있으며, 지체 높은 분들과 대화도 할 수 있으니까요. 그래서 도련님의 나이로나 고귀한 가문에 태어난 거로나 알맞는 여러 가지 수업을 할 수 있을 거예요.

앤토니오 네 의견이 맞아. 좋은 충고를 해주었다⋯⋯네 말이 내 마음에 쏙 들었으니 곧 실행에 옮겨야 하겠다. 당장 내 아들을 영주님께로 보내겠다.

판시노 다행히 내일 앨폰소 백작께서 지체 높은 분들과 함께 공작님을 뵙고 시중도 드실 겸 여로에 오르신다고 합니다.

앤토니오 마침 잘됐다, 프로튜스를 같이 보내야겠다⋯⋯

프로튜스 편지를 묵독하면서 등장.

마침 잘 됐다⋯⋯아들에게 이야기를 해주마.

프로튜스 정다운 사랑, 아름다운 글귀, 즐거운 인생 —— 이것이 그녀의 필적이렸다. 이 필적은 그 여인의 마음을 상징하고 있다. 사랑의 맹세는 그 여인의 일편단심을 담보로 하고 있는 거지. 오, 양쪽집 아버님들께서 우리 둘의 사랑에 찬성하시고 동의해 주셔서 우리의 행복을 보장해 주신다면 얼마나 좋겠는가……오, 나의 천사 줄리어여……

앤토니오 프로튜스! 읽고 있는 편지는 무어냐?

프로튜스 예 아버님, 발렌타인이 보낸 안부편지예요. 거기서 온 친구편에 보내온 겁니다.

앤토니오 어디 좀 보자, 새로운 소식이라도 있느냐?

프로튜스 별로 없습니다, 그저 행복하게 지낸다고 했어요. 여러 사람들의 사랑도 받고 공작님의 총애도 받고 있다고 합니다. 그리고 그 행복을 제게도 나누어 주고 싶다고 씌어 있어요.

앤토니오 그래, 그 친구의 소망을 넌 어떻게 생각하느냐?

프로튜스 저는 다만 아버님의 뜻을 따를 뿐입니다. 친구의 소원에 좌지우지되지는 않습니다.

앤토니오 내 의지는 그의 소망과 거의 같다. 아닌 밤중에 홍두깨 내미는 격이지만 이상하게 생각하진 마라. 내가 이미 마음 먹은 것인즉 결론은 난 것이다……네가 당분간 공작님한테로 가서 발렌타인과 함께 지내도록 할 생각이다. 그가 일가에서 받는 만큼의 생활비를 나도 네게 보내 주겠다. 내일 떠날 준비를 해라 ──핑계는 필요 없다……이 애비가 결심을 굳혔으니까.

프로튜스 아버님, 그렇게 빨리 준비할 순 없습니다. 하루나 이틀만 여유를 주세요.

앤토니오 안 돼, 필요한 건 나중에 보내줄 테다. 지체 말고 내일 꼭 떠나도록 해라. 자, 판시노, 너는 프로튜스의 여

장을 서둘러서 준비해라. (앤토니오와 판시노 퇴장)

　　프로튜스　불에 탈까봐 불을 피하다가 바다에 빠져 아주 익사하게 됐구나……아버님에게 줄리어의 편지를 보이면 아버님이 내 애인을 잘못 보실까봐 겁이 났어. 그나저나 내 꾀에 내가 넘어가고 말았구나. 내 사랑은 완전히 추풍의 낙엽꼴이 됐고……오, 사랑의 봄은 4월의 날씨와도 같이 변덕이 심해서 태양이 아름답게 비치다가도 갑자기 먹구름이 몰려와 온통 하늘을 휘저어버리고 마는구나.

　　판시노 문에 다시 나타난다.

　　판시노　프로튜스 도련님, 아버님께서 부르십니다──급하신가 봐요, 빨리 가보시죠.

　　프로튜스　으음, 명령에 복종할 생각이긴 하지만 대답은 백번 천번 "싫습니다"라고. (퇴장)

제 2 막

●

오, 프로튜스, 사랑의 신이야말로
절대군주라네. 나는 이 군주에게 무릎을
꿇고 말았어. 사랑의 신이 주는 형벌에 비길 만큼
괴로운 것도 없고, 그 군주에게 봉사하는 것처럼
기쁜 일도 이 세상에 없지.
—4장 발렌타인의 대사 중에서

제 1 장   밀라노의 거리

발렌타인과 스피드 등장. 발렌타인 장갑을 떨어뜨린다.

스피드   (달려가며) 도련님, 여기 장갑요.

발렌타인   내 것이 아니다. 난 다 끼고 있어.

스피드   틀림없이 도련님 것입니다, 한짝뿐이지만요.

발렌타인   그래! 어디 보자……이리 다오. 내 거다……신성한 님의 몸을 꾸미는 아름다운 장식물 ——아아, 실비어, 실비어.

스피드   (큰 소리로) 실비어 아가씨! 실비어 아가씨!

발렌타인   넌 또 왜 부르는 거냐!

스피드   아가씨는 요 근처에 아니 계십니다요, 도련님.

발렌타인   이봐, 누가 아가씨를 부르라고 했어?

스피드   도련님께서요, 제가 잘못 들었나요?

발렌타인   넌 늘 급하기가 우물에 가서 숭늉 달랠 놈이야.

스피드   하지만 아깐 너무 굼벵이라고 꾸중을 들었는뎁쇼.

발렌타인   예끼, 얼간아. 네가 실비어 아가씨를 아느냐?

스피드   도련님이 사랑하는 그 아가씨 말씀이죠?

발렌타인   아니, 내가 사랑하는 걸 어떻게 알지?

스피드   그야 척하면 삼천리죠. 우선 도련님께선 ——프로튜스 님같이 ——무슨 불평꾼처럼 팔짱을 끼시고, 방울새처럼 사랑의 노래를 읊조리시고, 염병환자처럼 홀로 산책을 하시거든요. 어디 그뿐인가요, ABC의 책을 잃어버린 국민

학교 애들처럼 한숨을 내쉬고, 할머니를 장사지낸 계집애처럼 훌쩍거리시며, 식이요법하는 환자처럼 곡기를 끊으시고, 밤도둑이 뭣이 무서운지 뜬 눈으로 밤을 새우시며, 만성절날의 거렁뱅이처럼 울음섞인 소리로 말을 하십니다……도련님께선 그 전에는 웃으실 때 수탉처럼 너털웃음을 웃으셨고, 걸으실 때에는 사자걸음 같았습니다. 단식을 하시더라도 만찬 후에만 하셨고, 슬픈 얼굴을 지으신 건 돈이 떨어졌을 때뿐이었습니다. 그런데 지금은 애인 때문에 딴사람이 됐지 뭡니까. 그래서 정말 도련님이신지 분간하기가 썩 어렵게 됐구요.

발렌타인　내가 그렇게 보여?

스피드　그렇게 보여요.

발렌타인　내 겉모습에 나타난단 말이냐? 그럴 리가 없다.

스피드　없으시다 이 말씀이신가요? 아니, 그건 확실합니다. 가령 도련님이 얼간이가 아니라면 이 세상에 얼간이는 없는 거죠. 설사 그런 얼간이 짓이 겉모습에 나타나지 않고 도련님 속에 담겨 있다 해도 소변기 속의 오줌처럼 훤히 비쳐 보이는뎁쇼. 그러니 첫눈에 도련님 증세를 알아내는 의사가 되기는 식은 죽 먹기죠.

발렌타인　그렇지만 이봐라, 네가 실비어 아가씨를 안단 말이냐?

스피드　식사 때 도련님이 뚫어지게 바라보시던 그 아가씨 아닙니까요?

발렌타인　그걸 다 보고 있었구나. 그래, 바로 그 여자를 말하는 거다.

스피드　실은 모릅니다요.

발렌타인　내가 뚫어지게 바라본 것까지 알면서 그 아가 씨를 모르다니?

스피드　그 아가씬 얼굴이 그렇게 예쁘지 않던뎁쇼, 도련 님?

발렌타인　썩 예쁘다고는 할 수 없지만 심성만은 곱거든.

스피드　그건 저도 잘 알고 있습죠.

발렌타인　뭘 안단 말이냐?

스피드　도련님께서 못 견디실 정도로 예쁘지는 않다는 걸 말이죠.

발렌타인　아니다, 그 여자는 절세가인인데다 심성도 아 름답기 그지 없단다.

스피드　아름다움은 분칠로 만들어진 것이고, 심성은 계 산 밖이죠.

발렌타인　분칠이라니? 계산 밖은 또 무엇이고?

스피드　아이구 도련님도, 글쎄, 예쁘게 보이려고 분칠을 한 것이 아닙니까? 그러니 그 아가씨는 아무도 미인축에 넣 지 않는다 이 말씀입니다.

발렌타인　넌 날 청맹과니로 보는구나. 그녀의 아름다움 은 내 감정을 요동시킨단 말이다.

스피드　도련님께서는 그 아가씨가 변한 후에는 한 번도 못 보셨죠?

발렌타인　언제부터 변했단 말이냐?

스피드　도련님이 아가씨에게 홀딱 반하신 후부터죠.

발렌타인　난 첫눈에 반하고 말았어. 지금도 난 미인이라 고 생각한단 말이다.

스피드   그야 눈이 흘렸는데 제대로 볼 수 있겠습니까요?

발렌타인   왜 못 봐?

스피드   사랑은 장님이라잖아요…… 오, 나리께서 소인의 눈을 가졌으면 합니다. 아니, 도련님께서 프로튜스 도련님이 바지끈도 매지 않고 늘어뜨리고 다닌다고 나무라시던 그때의 눈빛을 가지고 있다면 얼마나 좋을까요?

발렌타인   그래, 그렇다치면 내가 무엇을 볼 수 있단 말이냐?

스피드   도련님의 바보스러움과 그 아가씨의 지지리 못생긴 꼴이 보인다 이 말씀이죠. 프로튜스 도련님은 사랑에 빠져서 바지끈 매는 걸 잊었지만, 도련님도 사랑에 푹 빠져서 바지 껴입는 것도 잊고 있습죠.

발렌타인   그럼 필경 너도 사랑에 빠진 것이로구나 ──어제 아침에 내 구두 닦는 걸 잊었으니 말이다.

스피드   그렇습니다, 도련님. 저는 제 침대와 사랑을 하고 있습니다요. 도련님께서 제 사랑을 나무라시니 저도 도련님의 사랑을 비꼴 수밖에요.

발렌타인   네가 뭐래도 내 사랑은 확고부동해.

스피드   확고부동하게 얼어붙었으면 좋겠네요, 사랑도 못하게스리.

발렌타인   어젯밤에 아가씨가 자기 애인에게 보낼 편지를 대필해 달라고 내게 부탁하더라.

스피드   그래 써 주셨습니까?

발렌타인   으응.

스피드   괴발개발 쓰셨겠죠?

발렌타인 천만에, 온 정성을 기울여 멋지게 써주었지……
조용해라, 아가씨가 이리 오신다.

실비어가 하녀를 데리고 등장.

스피드 (방백) 오, 저 아름다운 동작……오, 멋진 인형이
여……이제 도련님이 변사역을 맡으시겠군.

발렌타인 (낮게 허리를 굽힌다) 아가씨, 나의 주인 아가
씨, 천 번 아침 인사드립니다.

스피드 (방백) 원, 밤에도 인사드릴 거구 뭐……그러다
간 백만 번 인사드릴라!

실비어 (허리를 굽힌다) 안녕하세요? 나의 기사 발렌타
인 경이시여, 이천 번 인사드립니다.

스피드 (방백) 남자가 여자를 재미있게 해줘야지, 여자
가 남자를 재미있게 해주고 있네.

발렌타인 부탁하신 대로 이름도 없는 아가씨의 비밀 친
구에게 보내는 편지를 썼습니다……(그는 그녀에게 편지를
건넨다) 사실 쓰고 싶진 않았지만 아가씨에 대한 의무감에
서 썼죠.

실비어 (열심히 읽으면서) 고마워요, 나의 기사님 ──
참 멋진 필적이네요.

발렌타인 사실은 편지 쓰느라 힘은 들었습니다. 누구한
테 보내시는 편지인지 몰라서요. 그저 막연히 펜대가는 대로
썼습니다.

실비어 (냉담하게) 다시는 이런 고생을 안 하시겠다고
되뇌셨겠죠?

발렌타인　별말씀을 다 하십니다, 아가씨. 도움만 되신다면──천 번이라도 써드리죠──천 통이라도 부탁하세요……하지만──

실비어　말끝도……잘도……맺으시는군요. 그 다음은 제가 이어 보죠. "하지만 저는 말 않겠어요." "아무래도 좋아요."……(그녀 편지를 그에게 준다) 이 편지는 도로 가져 가세요. 하지만 감사해요, 앞으론 더 수고를 끼치지 않겠어요.

스피드　(방백) 하지만 또 수고를 끼치게 될걸. '하지만' 이 또 계속해서 나올 거야.

발렌타인　(얼굴을 붉히며) 뭐라고 하셨죠, 아가씨? 그 글이 싫으신 건지?

실비어　아니에요, 아니에요. 참, 멋지게 쓰셨어요. 그렇지만──억지로 쓰신 거니까──도로 가지고 가셔야죠……(편지를 다시 건넨다) 자요, 받으세요.

발렌타인　아가씨, 그 편지는 아가씨를 위해 쓴 것입니다.

실비어　그건 그래요, 제가 부탁해서 쓰셨으니까요. 하지만 이제 제겐 소용없어요. 당신께 드리겠어요. 좀더 내용을 열정적으로 써주셨으면 좋았을 텐데……(그는 편지를 받아든다)

발렌타인　그럼 아가씨, 다시 한 번 쓰겠습니다.

실비어　다시 쓰게 되면……저를 위해서 읽어 봐 주세요, 마음에 드시면 좋고……아니라 해도……괜찮아요……

발렌타인　만일 제 마음에 들면 어떻게 되는 건가요, 아가씨?

실비어　마음에 드신다면 수고값으로 그 편지를 가지세

요. 그럼 안녕, 나의 기사님. (그녀는 허리를 굽히며 지나쳐 간다)

스피드 오, 재치 있는 저 말솜씨는 눈에 보이지도……헤아릴 수도……눈에 띄지도 않는 수수께끼로구나. 자기 얼굴에 도사린 코나, 청탑 위에 자리한 바람개비 같아 도시 볼 수 없는 것이다……우리 도련님이 아가씨에게 구애를 하면 아가씨가 도련님의 스승이 되어 가르치고, 아가씨의 제자가 된 도련님이 실은 다시 선생이 되어 가르친단 말야……참으로 기묘한 술책이라구! 이보다 더 근사한 술책을 들은 적이 있어? 도련님이 대필인이 되어 결국 자기 자신에게 연애편지를 쓰게 된다?

발렌타인 이놈아, 왜 그러느냐! 무얼 혼자서 중얼대고 있느냐?

스피드 아무것도 아니에요……저는 글귀에다 붙일 운자(韻字)를 따지고 있는 걸요……중얼대시는 건 제가 아니라 도련님입죠.

발렌타인 내가 뭘 중얼거렸단 말이냐?

스피드 실비어 아가씨의 대변인이 된다는 것 말이죠.

발렌타인 상대가 누굴까?

스피드 도련님 자신이에요……암 그렇지, 아가씬 멋진 술책으로 도련님께 구애하고 있는 거랍니다.

발렌타인 술책이라니?

스피드 물론 편지죠.

발렌타인 예끼, 아가씨는 내게 한 번도 편지한 일이 없잖느냐?

스피드 아가씨 스스로 편지 쓸 필요가 없습죠, 도련님에게 갈 편지를 도련님이 쓰게끔 했으니까요. 왜 그 재치 있는 수를 모르시죠?

발렌타인 정말 모르겠는걸.

스피드 참으로 딱하십니다, 도련님. 그래, 아가씨의 속마음을 모르시겠단 말씀이세요?

발렌타인 내게 아무것도 준 게 없는걸, 핀잔말고는.

스피드 그렇지만 도련님께 편지를 드렸잖아요?

발렌타인 그 편지는 아가씨의 애인 앞으로 쓴 것이야.

스피드 그런데 그 편지를 아가씨가 손수 도련님께 전했잖습니까? 그걸로 끝난 거예요.

발렌타인 그렇게 됐으면 얼마나 좋겠느냐!

스피드 잘될 것입니다, 제가 보장할게요. 도련님께선 수차 아가씨께 편지를 하셨지만 아가씨께선 얌전해서 그러신 건지 아니면 짬이 없어서 그러신 건지 일일이 답장을 할 수가 없었나 봐요——또 심부름을 시키면 남이 아가씨 마음을 알아차릴까 싶어선지도 모르죠. 그래서 자기 애인에게 보낼 편지를 그 애인 자신이 쓰도록 한 겁니다요! 제 얘긴 몽땅 틀림없어요. 정말 틀림없다니까요……무슨 생각에 골몰하고 계시죠? 도련님, 식사시간입니다.

발렌타인 (한숨을 쉬며) 난 배가 불러.

스피드 그래도 제발 좀 드셔 보세요. 사랑이라는 카멜레온은 공기를 먹고 살았다고 하지만 저는 밥을 먹고 사는 인간이니까, 고기를 먹고 싶다구요. 오, 도련님, 제발 아가씨같이 새침한 흉내는 내지 마시고——자 저리 갑시다요. (두 사람 퇴장)

제 2 장 베로나. 줄리어의 집 부근의 거리

·프로튜스와 줄리어 나무 밑에 앉아 있다.

프로튜스 줄리어, 참아 주오……

줄리어 참아야죠, 뾰족한 수가 없으니까요.

프로튜스 돌아올 수 있으면 곧 돌아오겠소.

줄리어 마음만 변하지 않으신다면……곧 돌아오실 테죠. 이 정표를 간직하고 당신의 줄리어를 잊지 마세요. (반지를 준다)

프로튜스 그러면 우리 교환합시다. 자, 이걸 받아 주오. (자기의 반지를 준다)

줄리어 이 정표에 신성한 키스로 다짐해 주세요.

프로튜스 이 손에 두고 변치 않는 사랑을 맹세하오…… 줄리어, 하루에 한 시간만이라도 당신을 위해서 한숨을 짓지 않고 지나쳐 버린다면, 그 다음 시간에는 무서운 재난이 덮쳐 애인을 잊은 벌로 고통을 당하게 해도 좋소……아버님께서 날 기다리고 계시오……지금 당장 답은 안 해도 좋아요 ……지금 바다는 밀물이오. 그러나 당신의 눈물이 밀물이 되어서는 아니 되오──그러면 내 다리가 떨어지지 않으니까……줄리어, 안녕……(두 사람 포옹한다. 줄리어 울며 퇴장) 이럴 수가! 한 마디 말도 없이 가 버리는가? 아아, 진정한 사랑이란 그런 거지. 말이 안 나오는 거야──진실이란 말로 하는 겉치레가 아니라 훌륭한 실행을 갖는 것이지.

판시노 멀리서 등장.

판시노   (큰 소리로) 프로튜스 도련님, 아버님께서 기다리
고 계십니다.

프로튜스   가라구……곧 갈게, 곧……슬프다, 이 이별의
슬픔 때문에 연인들은 벙어리가 되는 거다. (퇴장)

제 3 장 앞의 장과 같음

라안스가 개를 한 마리 끌고 울면서 천천히 등장. 그는 개를 나무에 맨다.

라안스 아니, 한 시간을 울고도 아직 못 다 울었구나. 우리 라안스 집안은 모두 이래서 탈이라니까……난 성서에 나오는 탕아처럼 내몫을 받아 가지고 프로튜스 도련님과 함께 공작님이 계신 궁으로 가게 됐단 말야……그런데 내 크랩이라는 요 개새끼는 천하에 시건방진 놈이라구. 내 어머니는 울고, 아버지는 한숨만 쉬고, 누이동생은 마냥 흐느끼고, 하녀는 울부짖고, 고양이도 두 앞발을 비비 꼬며, 집안이 온통 야단법석인데 —— 요놈은 어찌나 매정한지 눈물 한 방울 흘리지 않는다니까. 이놈은 돌덩이야, 자갈이야, 인정머리 없기가 개만도 못한 놈이야. 유대인도 우리의 작별을 보면 눈물을 흘렸을 거다. 우리 할머니만 해도 보이지 않는 눈인데도 이별을 할 때 너무나 울어 그 눈도 짓물러 버리고 말았다니까. 그렇지, 그때 광경을 좀 보여 드리지……(구두를 벗는다) 이 구두는 내 아버지고……아냐, 이 왼쪽 구두가 우리 아버지지. 아니 아니, 이 왼쪽 구두가 우리 어머니야……아냐, 이것도 저것도 아냐……암 그렇지, 그렇지. 이쪽 구두 바닥은 형편없군……구멍이 뚫린 이쪽 구두가 우리 어머니고, 이쪽은 우리 아버지고……젠장! 이제 됐군……(구두를 자리 위에 놓는다) 그리고 이 지팡이는 내 누이동생. 그앤 백합꽃

같이 희고, 막대기같이 호리호리하다. 이 모자는 우리집 하녀 낸이고, 나는 개고……아냐, 개가 그 자신이지. 그러니 내가 개지 뭐야. 오, 개가 나고, 내가 나다. 암, 그렇지 그래……그런데 내가 아버지한테 가서 (무릎을 꿇는다) "아버지 축복해 주십시오." 하니까 구두가 눈물을 펑펑 쏟으며 말은 한 마디도 못했어. 그래서 난 아버지에게 키스를 한다. (한쪽 구두에 키스를 한다) 그런데 아버진 그냥 울어 버리시지 않겠어……그리고 난 내 어머니한테로 간다. 오, 어머닌 미친 여자처럼 수다를 떨어 주면 좋겠는데. 하여튼 난 어머니에게 키스를 한다. (다른 쪽 구두에 키스한다) 이렇게. 결국 어머닌 한숨을 쉬신다 이 말씀이야……다음에 난 내 누이동생한테로 가지. 그 누이동생이 훌쩍훌쩍 우는 걸 보라구……그런데 요놈의 개는 그 동안 눈물 한 방울 흘리지 않고 말 한 마디 없었다고. 그렇지만 내 눈물이 이 먼지를 다 잠자게 했단 말이야.

판시노 황황히 돌아온다.

판시노 라안스, 가라구 어서……올라타……자네 주인께선 벌써 배에 타셨어. 얼른 노를 저어 뒤따라가야 돼……왜 그래? 왜 울지? 빨리 가래두, 이 멍청아, 꾸물거리다간 물때를 놓쳐.

라안스 (슬픔에 차서) 물때 물지 않고 놓쳐 버리는 놈 잃어버리면 어때. 이렇게 인정머리 없는 놈은 난생 처음 봤다니까.

판시노 인정머리 없는 조수란 도대체 어떤 놈이지?

라안스 여기 매 놓은 내 개 크랩이란 놈이야.

판시노 바보 같은 소리 지껄인다. 내 말은 자네가 조수를 놓치면 낭패라 이 말이야. 조수 놓치면 항해를 놓치고, 항해를 놓치면 자네 주인님을 놓치게 되고, 주인님을 놓치면 자네 일자리도 놓치고, 밥줄이 끊어지고 만다 이 말이라구. 밥줄이 끊어지면 ―― 왜 내 입을 막는 거지?

라안스 그놈의 입정 너무 놀리다가 말이 헛나가겠어. 염려가 돼서 그래.

판시노 뭐, 내 말이 헛나가?

라안스 글쎄, 말의 꼬리를 놓친다니까.

판시노 내 말의 꼬리가 어쨌다구!

라안스 조수를 놓치고 배 놓치고, 주인 놓치고, 일자리 놓치고 ―― 매 놓은 개도 놓치고……(크랩을 풀어 준다) 여보게, 강물이 말라도 내 눈물로 가득히 채워 줄 수 있어. 바람이 일지 않아도 내 한숨으로 배를 몰고 갈 수 있어.

판시노 자자, 빨리 가라구, 이 사람아 ―― 난 자넬 불러 오라구 분부받고 온 거야.

라안스 (눈에 쌍심지를 켜며) 자……어디 마음대로 불러 봐!

판시노 갈 건가?

라안스 암 가야지. (두 사람 황황히 퇴장)

제 4 장 밀라노. 공작의 궁전의 한 방

발렌타인과 실비어 두 사람 앉아서 낮은 음성으로 속삭이고 있다.
발렌타인 뒤에 스피드가 있고, 멋을 부린 수리오가 멀리서 그들을
주시하고 있다.

실비어 기사님.

발렌타인 아가씨!

스피드 (발렌타인 옆으로 가서 낮은 음성으로) 도련님, 수
리오 님이 노려보고 있습니다요.

발렌타인 아, 그건 사랑 때문이지.

스피드 설마 도련님을 사랑하는 건 아닐 테죠.

발렌타인 내가 사랑하는 아가씨를 좋아해서 그러는 거야.

스피드 저런 자는 혼구멍을 내줘야 해요. (퇴장)

실비어 (경쾌하게, 큰 소리로) 기사님, 언짢은 일이 있으
세요?

발렌타인 물론 그렇게 보일 테죠.

수리오 사실은 안 그런데, 겉으로만 그렇게 보인다는 거
요?

발렌타인 아마 그럴 겁니다.

수리오 보통 가짜라는 게 그래요.

발렌타인 그렇다면 당신도 그런 가짜겠군.

수리오 내가 어째서 가짜란 말이오?

발렌타인 영특해 보이는 것 말이지.

수리오 그럼, 내가 영특하지 않단 말이오?

발렌타인 어리석지.

수리오 내가 어째서 어리석다는 거요?

발렌타인 당신의 조끼가 바로 그렇소.

수리오 난 겹조끼를 입은걸.

발렌타인 그렇다면 당신은 겹으로 어리석은 거요.

수리오 뭐라구!

실비어 수리오 님, 화나셨어요? 안색이 다 변하고 그러시네.

발렌타인 그만 내버려 두세요, 아가씨 ──저 사람은 카멜레온 같은 유형이니까.

수리오 맞았소, 이 카멜레온은 공기보다도 당신의 생피를 먹고 싶어한다는 걸 알아야 될 거요.

발렌타인 그 말 한번 잘했소.

수리오 암, 말뿐 아니라 이번에는 그렇게 해볼 결심이오.

발렌타인 그야 나도 잘 알고 있소, 당신은 언제나 시작하기도 전에 끝장이 나니까.

실비어 두 분 다 입심이 대단하시군요, 속사포처럼 빠르시고.

발렌타인 예, 그렇지요 ──우리에게 그러한 힘을 주신 분께 감사드리고 있습니다.

실비어 기사님, 힘을 주신 분이 누구시죠?

발렌타인 당신입니다, 아가씹니다. 아가씨께서 불을 붙여 주셨으니까. 수리오 씨도 아가씨의 반짝이는 눈동자에 혼을 빼앗겨 엉터리 지혜를 쥐어짜서 아가씨 앞에 드러내 보임으로써 아가씨에게 보답하려는 겁니다.

  수리오 이봐요, 한 마디 한 마디 말대꾸를 하다가는 당신 밑천이 거덜나고 말 텐데.

  발렌타인 그렇겠죠, 잘 알고 있소. 그러나 당신은 말의 금고는 가지고 있어도 그 밖에 하인들에게 나눠 줄 보물은 없는 모양이오. 그들의 미천한 제복을 보니 짐작이 가오. 모두 당신의 입에 발린 말만 먹고 사는 모양이오.

  실비어 그만들 하세요, 두 분 다 그만두시라구요……저의 아버님께서 오셨습니다.

  공작 편지를 한 통 들고 등장.

  공작 (미소지으며) 실비어, 넌 꽤나 공격을 당하고 있는 모양이구나……발렌타인 군, 자네 부친은 건강하시다네 ——자네 친구들한테서 그토록 좋은 소식이 많이 왔으니 기쁘겠지?

  발렌타인 기쁜 소식을 가지고 고향에서 온 사람이면 누구에게나 감사하고 싶습니다.

  공작 동향인 중에 돈 앤토니오라는 사람을 아는가?

  발렌타인 예, 공작님, 잘 압니다. 덕망이 높고 평판이 좋아 사람들에게 존경을 받을 만한 분입니다.

  공작 그에게 아들이 있겠다!

  발렌타인 예, 있습니다 ——부친의 명예와 덕망에 누를 끼치지 않을 만한 아들입니다.

  공작 그 아들을 잘 아는지?

  발렌타인 저 자신 못지않게 잘 알고 있습니다. 어린 시절

부터 친구로 지냈고 같이 잔뼈가 굵었습니다. 저는 원래 우둔하여 시간의 고마운 은혜를 선용하여 천사와 같은 완전한 인간이 되는 수양을 게을리하였습니다만……프로튜스 군은——이것이 그의 이름이옵니다——그 세월을 잘 이용하였기에 비록 나이는 젊지만 경험이 풍부하고, 머리는 미숙하지만 판단력은 뛰어납니다. 요컨대 지금 제가 말씀드리는 이 칭찬으로선 도저히 그 친구의 진가를 다 표현할 수 없습니다. 그 친구는 외모나 심성이나 완전해서 신사로서 갖춰야 할 모든 미덕을 다 갖추고 있습니다.

공작 실로 그가 그렇게 빼어난 인물이라면 여왕의 사랑도 받을 만하고, 국왕의 고문이 되기에도 손색이 없으렷다. 그건 그렇고, 그 젊은이가 유력한 인사들의 추천서를 가지고 내게 오는데 당분간 이곳에 머무를 모양이다. 자네에겐 기쁜 소식이겠군.

발렌타인 그 친구를 만나게 된다면 더 이상 바랄 것이 없겠습니다.

공작 그러면 그 훌륭한 젊은이에게 상응하는 환영을 하도록 하라. 실비어, 너와 수리오 경에게도 일러둔다——발렌타인 군에게는 새삼스럽게 일러둘 필요도 없겠지. 곧 젊은이를 이리로 오게 하겠으니 잘들 대접하도록. (퇴장)

발렌타인 제가 아가씨에게 말씀드린 그 친구입니다. 그 친구, 저하고 같이 오기로 되어 있었는데 그자의 눈이 애인의 수정 같은 눈길에 사로잡혀서 같이 오지 못했습니다.

실비어 그렇다면 그분의 애인은 마음이 변치 않을 거라는 담보라도 잡고 그분을 눈길에서 풀어 주었겠군요.

발렌타인   아니지요, 아직도 포로가 되어 있을 겁니다.

실비어   안 그럴 거예요. 만약 그렇다면 그분은 장님이 되어 있겠죠 ── 장님이 어떻게 당신을 찾아올 수 있어요?

발렌타인   하지만 아가씨, 사랑의 눈은 스무 쌍이나 된다고 하지 않습니까?

수리오   사랑은 눈이 하나도 없다고도 하잖소!

발렌타인   수리오 씨, 당신 같은 연애꾼들을 볼 눈은 하나도 없을 거요 ── 사랑은 하찮은 것에는 눈을 감는다오.

실비어   그만들 두세요, 그만요. 그분이 오십니다.

프로튜스 등장. 수리오 어깨를 으쓱거리며 퇴장.

발렌타인   어서 오게, 프로튜스……(두 사람 포옹한다) 아가씨, 각별한 호의를 가지고 저 사람을 환영해 주십시오.

실비어   당신이 늘 소식을 듣고 싶어하시던 그분이라면 훌륭한 인품을 가지신 분일 테니 마땅히 환영해야죠.

발렌타인   예, 바로 이 친구입니다……(프로튜스를 소개한다) 아가씨, 이 친구도 저처럼 아가씨를 모시도록 허락해 주시기 바랍니다.

실비어   (허리를 굽히며) 이렇게 지체 높은 분을 하인으로 삼기에는 전 너무나 보잘것없는 걸요.

프로튜스   별말씀을 다 하십니다, 아가씨. 저야말로 훌륭한 아가씨를 모시기에는 너무나 비천한 사람입니다.

발렌타인   겸손의 말씀은 그만 거두시고……아가씨, 이 친구도 아가씨를 모시도록 해주십시오.

프로튜스   오직 아가씨를 충직하게 모시는 것을 자랑으로 삼겠습니다.

실비어 충직하심에는 꼭 보답을 해드려야죠⋯⋯(프로튜스, 실비어의 손에 키스한다) 변변찮은 주인이지만 당신을 환영하겠습니다.

프로튜스 아가씨가 아니고 다른 사람이 그런 말을 했다면 저는 기어코 결투를 신청했을 겁니다.

실비어 환영한다고 해서 그러시나요?

프로튜스 아가씨가 변변찮은 주인이라고 하신 것 말입니다.

수리오 돌아온다.

수리오 아가씨, 아버님께서 할 말씀이 있으시답니다.

실비어 곧 가겠어요⋯⋯수리오 님도 저와 같이 가세요. 저의 새로운 기사님 잘 오셨습니다. 두 분은 남아서 고향 얘기나 하세요. 얘기가 끝나거든 저한테 들르세요.

프로튜스 둘이 함께 아가씨를 찾아가 뵙겠습니다. (실비어와 수리오 퇴장)

발렌타인 자, 말해 봐, 고향분들은 다들 무고하신가?

프로튜스 자네 친구들은 다 잘 있다구. 부디 안부를 전하라고 했어.

발렌타인 사네 친구들은 어떻고?

프로튜스 모두 잘 있어.

발렌타인 자네 애인은? 연애는 잘 되어가고?

프로튜스 내 사랑 얘기에 자넨 언제나 싫증을 내지 않았었나. 사랑 얘기 같은 거 좋아하지 않지?

발렌타인 그랬지, 프로튜스. 그러나 이젠 나도 인생관이 변했어. 사랑을 멸시해 온 것을 몹시 후회하고 있다네. 사랑의 신의 벌을 받아 드높고 의연한 사고(思考)에 빠져서 그 어려운 단식을 한다, 회한의 신음을 한다, 밤마다 눈물을 흘린다, 날마다 가슴 아픈 한숨을 쉰다, 그렇게 하고 있어. 그건 내가 사랑을 멸시했기 때문에 그 보복으로 노예가 된 나의 눈에서 잠을 쫓아버리고 뜬눈으로 가슴에 맺힌 슬픔을 지켜보게 하기 때문이야……오, 프로튜스, 사랑의 신이야말로 절대군주라네. 나는 이 군주에게 무릎을 꿇고 말았어. 사랑의 신이 주는 형벌에 비길 만큼 괴로운 것도 없고, 그 군주에게 봉사하는 것처럼 기쁜 일도 이 세상에 없지. 이젠 사랑의 얘기가 아니면 듣기도 싫고, 사랑이란 말을 들으면 아침도, 점심 저녁도 잘 먹고 잠도 잘 잔다 이 말이야.

프로튜스 알았네. 벌써 자네 운명을 자네 눈빛으로 읽을 수 있었어. 아까 그 아가씨가 자네가 경애하는 우상인가?

발렌타인 응, 그래. 천국에 계신 분같이 성녀가 아닌가?

프로튜스 천국의 사람은 아니지만 이 지상의 절세가인임에는 틀림없지.

발렌타인 여신과 같다고 불러 주게나.

프로튜스 그녀에게 아첨은 하기 싫어.

발렌타인 그럼 내게라도 아첨하면 혀가 갈라지나? 사랑은 칭찬을 받고 싶어하거든.

프로튜스 내가 상사병에 걸렸을 때 자네는 내게 쓴약을 주었겠다. 그러니 나도 자네에게 같은 처방을 써야겠어.

발렌타인 그렇다면 그 여인에 대해서 진실을 말해 줘. 여신은 아니더라도 이 지상의 모든 인간을 웃도는 유일한 천

사라고 말해 주게.

프로튜스 내 애인만 빼놓고는.

발렌타인 이 친구야, 예외가 어디 있어? 내 애인에게 무슨 흠이라도 있다면 별문제지만.

프로튜스 난 내 애인이 최고라고 생각하고 있는데!

발렌타인 나도 돕지, 자네 애인이 최고가 되도록 말야. 자네 연인에게 지체가 높은 명예를 붙여서 위엄이 있도록 해주지 ——즉 아가씨의 치맛자락을 들어주는 직분을 맡기는 거라구. 안 그러면 천한 대지가 그녀의 옷에 살짝 키스하고는 그렇게 얻은 큰 은총에 교만해져서 여름에 싹을 내는 꽃이 뿌리를 내리는 걸 멸시하여 영영 황량한 겨울을 마련할지 누가 알겠나?

프로튜스 이런, 발렌타인, 자네 허풍도 대단해졌군그래.

발렌타인 용서하게 프로튜스, 내가 뭐라고 찬양해도 실물에 비하면 아무것도 아니야. 그 여자의 가치에 비하면 다른 모든 것은 찐 붕어가 되고 말지. 그런 여인은 이 세상에 오직 하나뿐이라구.

프로튜스 그렇다면 혼자 있게 내버려 둘 수밖에.

발렌타인 절대로 그럴 수 없지. 이 친구야, 그녀는 나의 것이라구. 이런 보배를 가진 난 대양(大洋)을 스무 개나 갖고 있는 만큼 부호란 말이야. 그 대양의 모래는 진주요, 바닷물은 감로수, 바윗돌은 황금이라니까……용서하게, 자네도 알게 되겠지만 난 사랑에 푹 빠져 있고, 자네 생각은 꿈에도 하지 않은걸. 그런데 얼빠진 경쟁자가 있지 뭔가. 그녀의 아버지는 그 작자를 좋아한다네 ——재산이 많다는 이유만으로 그자를 좋아한다구——방금 아가씨와 함께 간 작자가 바로 그 위인이지. 난 따라가 봐야겠어, 사랑이란 자네도 알다시피 질투가 심하거든.

프로튜스 하지만 그 아가씨가 자네를 사랑하는가?

발렌타인 사랑하고말고, 우린 약혼까지 했어. 아냐, 그 이상이야. 결혼할 시간도, 둘이서 도망갈 교묘한 방법까지도 세워놨어. 그녀의 창문으로 기어올라갈——줄사다리도 만들어 놨지——내 행복을 위해서 모든 계획과 합의가 다 되어 있다구……프로튜스, 같이 내 방으로 가서 이 일에 조언을 좀 해주게.

프로튜스 먼저 가 있어, 곧 갈 테니. 부두에 가서 필요한 물품을 배에서 내려와야 하거든. 일이 끝나는 대로 즉시 찾아가지.

발렌타인 (문에서) 서둘러 줘.

프로튜스 암, 물론이지……(발렌타인 퇴장) 하나의 열이 다른 열을 쫓아버리듯이, 또 하나의 못이 다른 못을 쳐내듯이, 나의 옛사랑의 기억은 새로운 사랑 때문에 망각 속으로 완전히 사라져 버리게 되었구나. 나를 이렇듯 분별을 잃게 만든 건 내 눈의 탓인가……발렌타인의 찬양 탓인가? 그 여인이 너무나 아름답기 때문인가, 아니면 나의 부실한 배반 때문인가? 그녀는 아름답다. 내가 사랑한 줄리어도 아름다웠지——내 전엔 사랑하였지만, 이제 내 사랑은 불붙은 밀랍 인형처럼 녹아버려 예전의 형태는 없어졌다……발렌타인에 대한 나의 우정도 식어버린 것 같구나. 그래서 그런지 예전 같은 우정이 끓어오르지 않아. 오, 친구의 연인이 내 마음을 사로잡았단 말야. 그 때문에 아마 그에게도 냉정해진 모양이지……자세히 보지도 않고 이렇게 뜨거운 연정을 느끼게 되는데 다시 찬찬히 보게 되면 얼마나 혼이 나가도록 반하게 될까? 모습만 보고서도 이렇게 내 이성이 현혹되니 그 여인의 완전한 실태를 알게 된다면 난 틀림없이 눈이 멀고 말 거야……이 잘못된 사랑을 억누를 수만 있다면 누르고 싶다 ──그것이 안 되면 내 모든 수단을 동원하여 그 여인을 손에 넣어야지. (사념에 잠기면서 퇴장)

제 5 장 밀라노. 부둣가 부근의 거리.
그 근처 주막

스피드가 개를 끌고 가는 라안스와 마주친다.

스피드 라안스! 맹세하지, 자네가 패두어에 온 것을 환영한다네.

라안스 거짓 맹세는 집어치우게. 난 환영받을 사람이 못돼……난 항상 이렇게 생각한다구——사람이란 교수형을 당해야 비로소 끝장나는 거고, 주막에서도 외상값을 다 치러야 비로소 주모가 "어서 오세요." 한단 말이야. 그때까지는 환영받는 게 아니지.

스피드 자, 허튼 소리 작작하라구. 당장 자네를 주막에 데리고 가지. 거기서는 5펜스짜리 한 잔만 마셔도 5천 번은 "어서 오십시오." 할 거야……그건 그렇고, 자네 도련님이 줄리어 아가씨와 어떻게 작별을 하던가?

라안스 서로 심각하게 얼싸안고 나서 정답게 농을 하면서 헤어지던데.

스피드 그럼 아가씨가 자네 도련님과 결혼하게 되나?

라안스 아냐.

스피드 그럼 어떻게 되는 거지? 자네 도련님이 줄리어 아가씨와 결혼하게 되는 건가?

라안스 그것도 아냐.

스피드 그러면 둘 사이에 금이 갔단 말인가?

라안스 아니, 두 분은 실과 바늘처럼 찰떡궁합이지.

스피드 그럼 도대체 어떻게 된단 말인가?

라안스 이렇다구——도련님 편에서 좋다고 하시면 아가씨도 좋다고 하신다 이 말이지.

스피드 뚱딴지 같은 소리! 도대체 무슨 소린지 알 수가 없잖아.

라안스 이 꽉 막힌 친구야, 그것도 몰라! 내 지팡이도 알아모시는데!

스피드 그건 또 무슨 소리지?

라안스 허, 참, 자네는 내가 하는 일은 도대체 모르는군. 이봐, 내가 몸을 굽히면 내 지팡이가 받들어 모신다 이 말이야.

스피드 정말 그렇군, 지팡이가 자네를 알아서 모시고 있군그래.

라안스 암, 아래서 모신다……알아서 모신다 이건 매한가지라구.

스피드 하나, 바로 말해 주게. 두 분이 백년가약을 할 모양인가?

라안스 내 개한테나 물어 보라구——저 개가 "멍멍" 하고 짖어대도 혼사는 될 거구, 짖지 않아도 혼사가 될 테니. 꼬리를 흔들고 입을 다물어도 될 거야.

스피드 그럼 결론은 된다는 거군.

라안스 이런 비밀을 입 밖에 내려면 넌지시 변죽을 올릴 수밖에 없단 말야.

스피드 어쨌든 알아듣겠어……그런데 이봐, 우리 도련님

이 대단한 사랑놀이꾼이 됐다면, 자네는 어떻게 생각하겠
나?

라안스 언제는 그렇지 않았던가?

스피드 뭐라고?

라안스 자네가 말한 대로지, 대범한 사냥꾼이꾼 말야.

스피드 뭣이 어째, 이 바보 맹추. 내 말을 잘못 알아들었
다구.

라안스 이런, 숙맥아, 자네에게 뭐랬나? 자네 도련님 말
이지.

스피드 내 말 좀 들어봐, 우리 도련님이 열렬히 사랑을
하고 있다 이 말씀이야.

라안스 그나저나 자네 도련님이 연애를 열렬히 하다 열
에 타든 말든 나와는 아무런 상관도 없단 말이야……그보다
도 한잔 걸치고 싶으니 나하고 주막에나 가자구. 안 가면 자
넨 히브리인이지. 유대인이야, 기독교인이라고는 할 수 없
지.

스피드 왜?

라안스 기독교 신자와 함께 술마시는 축제에 가자는데
나서지 않는다면 기독교 신자의 박애심을 모르는 자가 아닌
가……갈 텐가?

스피드 가다마다요. (두 사람 주막으로 들어간다)

제 6 장   앞의 장과 같음

프로튜스 천천히 부둣가로 걸어가고 있다.

프로튜스   줄리어를 버린다……아냐 이건 맹세를 어기는
게 되지? 실비어를 사랑한다……아냐 이것도 맹세를 어기는
게 되지? 친구를 배반하다니, 이것도 맹세를 갈기갈기 찢어
버리는 거지……처음에 맹세를 시킨 그 힘이, 이제 와선 삼
중으로 맹세를 깨게 한단 말이다……맹세를 시킨 것도 사랑
인데, 이젠 사랑이 맹세를 깨뜨리라고 하는군. 오, 달콤한 말
로 유혹하는 사랑의 신이여, 만일 네가 나에게 죄를 범하게
했다면 ——유혹의 주제가 된 나에게 ——그걸 변명할 방
법도 가르쳐 줘야 할 게 아닌가?……처음에 내가 우러러본
건 반짝이는 별이었다. 그러나 지금은 눈부신 태양을 찬미하
고 있단 말이다. 물색없이 한 맹세는 분별 있게 깨뜨리면 되
지 않을까. 나쁜 짓을 좋은 것으로 바꾸는 재주를 가지려는
결심이 없는 사람은 결국 지혜가 없는 사람이야. 역겹다, 싫
다, 이 더러운 내 혓바닥. 진정으로 수만 번 맹세하며 찬미하
던 그녀를 이제 와선 나쁘다고 몰아세우다니……사랑을 단
념할 순 없다, 그래도 사랑을 버린다, 사랑을 해야 하는 곳에
서 사랑을 버린다……사랑을 하면 결국 줄리어를 잃고 친구
발렌타인을 잃게 된다 ——두 사람을 다 간직하려면 나 자
신을 잃게 되고. 그렇다, 두 사람을 잃으면 그 대신에 얻게
되는 이득이 있지 ——발렌타인 대신에 나 자신을 얻고, 줄

리어 대신에 실비어를 얻게 된다……나 자신이야말로 친구보다 더 소중한 거야. 또한 사랑은 늘 그 자신이 더 소중한 것이기 때문이다. 그런데 실비어에 비하면——그녀를 아름답게 만드신 신께서도 살피소서!——줄리어는 이디오피아의 검둥이와 뭐가 다른가!……줄리어가 살아 있다는 걸 잊어버리자. 줄리어에 대한 나의 사랑은 죽었노라고 생각하자……또 발렌타인을 나의 적이라고 생각하자. 실비어만을 나의 예쁜 친구로 삼는 거다……지금은 발렌타인을 배반하지 않고는 나 자신에 충실할 수 없어……오늘밤 그는 줄사다리를 타고 그 천사와 같은 실비어의 침실 창문에 오르려고 한다. 나는 그 계획에 공모자가 되는 셈이지……난 지금 당장 그들이 변장을 하고 도망치려 한다고 그녀의 아버지에게 고해 바쳐야겠다. 그러면 그는 노발대발하여 발렌타인을 추방할 거다. 그 어른은 딸을 수리오에게 시집보낼 심사이니까. 그러나 발렌타인만 없어지면 내 교묘한 술수로 수리오의 미련한 계획쯤 방해하긴 누워서 떡 먹기지……사랑의 신이여, 내게 날개를 주소서. 이 계책을 창안해 낸 지혜를 내게 주셨듯이 내 계책이 한시바삐 실행에 옮겨지도록 말입니다! (그는 계속 서성대고 있다)

제 7 장 베로나. 줄리어의 집의 한 방

줄리어는 지도를 살피고 있고, 루셋타는 바느질을 하고 있다.

줄리어 (고개를 쳐든다) 루셋타, 말 좀 해다오, 네가 날
좀 도와주려무나. 정말 너만은 믿고서 간청한다. 넌 내 모든
생각이 뚜렷이 적히고 새겨져 있는 수첩이야. 그러니 어떻게
하면 내가 체면도 잃지 않으면서 사랑하는 프로튜스 님 계
신 곳으로 여행할 수 있을는지, 좋은 방법 좀 가르쳐 주려무
나.

루셋타 어머나, 여행은 고되고 먼길이랍니다.

줄리어 믿음이 깊은 순례는 비록 연약한 발로 여러 나라
를 찾아다녀도 고되지 않다고들 하더라 —— 더구나 사랑의
날개로 그립고 그리운 프로튜스 경처럼 신성하고 완벽한 분
에게로 날아가는 것이니 그렇게 고되진 않을 거야.

루셋타 프로튜스 님께서 돌아오시는 걸 기다리시는 게
좋을 거예요.

줄리어 오, 그분의 얼굴이 내 영혼의 양식인 것을 모르느
냐? 그 양식을 오랫동안 잊지 못해 허기가 져 죽을 고생을
하는 걸 불쌍히 생각해 주려무나……네가 사랑의 고통이라
는 걸 조금이라도 이해한다면 말로써 사랑의 불꽃을 끄려는
것은 마치 눈으로 불을 붙이기보다 어렵다는 걸 알 텐데 말
이야.

루셋타 저는 아가씨의 뜨거운 사랑의 불꽃을 끄려고 하

는 게 아니에요. 다만 그 불길이 지나치게 번지지 않도록 하자는 것이에요. 그렇게 해야 이성의 한계를 넘지 않을 테니까요.

줄리어 억지로 불을 끄려고 하면 오히려 불길은 더 치솟는 법이야. 잔잔히 소근대며 흐르는 시냇물도 무리하게 막으면 성난 듯이 사나워지는 걸 알지 않느냐. 조용히 흐르는 물길은 막지 않으면 매끄러운 돌에 부딪쳐 아름다운 음악을 타면서 흐르고 도중에 마주치는 갈대풀마다 부드러운 키스로 인사하는 거야. 몇 번이나 물굽이를 휘돌아 흘러가다가 결국 넓은 대해(大海)에 도달하거든……그러니까 길을 막지 말고 날 떠나도록 해줘. 나도 잔잔한 시냇물처럼 참고 견디며 고달픈 걸음을 낙으로 삼고 걸으면 결국 님 계신 곳에 가게 될 거고——숱한 고난 끝에 축복받은 영혼이 낙원에서 쉬듯이, 거기서 마음 푹 놓고 쉴 테야.

루셋타 그럼, 어떤 차림을 하고 가시겠어요?

줄리어 여자의 차림은 안 할 거야. 음탕하고 무례한 남정네들을 만나서 봉변을 당해서는 안 되니까. 자, 루셋타, 좀 그럴 듯한 하인에 어울리는 차림을 준비해 주려무나.

루셋타 아이구머니나, 그럼 아가씨는 머리를 자르셔야 해요.

줄리어 아니야, 명주끈으로 잡아매 올려 여러 가지 모양으로 사랑의 매듭을 땋아 보겠다. 좀 그럴 듯하게 꾸며야 내 나이보다 훨씬 나이 먹은 청년으로 보일 게 아니냐?

루셋타 아가씨, 바지는 어떤 모양으로 할까요?

줄리어 왜 그걸 나한테 묻지! 그건 마치 "공작님, 치마

통은 얼마로 하오리까?" 하고 묻는 것과 같지 뭐야. 네 좋을 대로 해줘, 루셋타.

루셋타 바지에는 앞주머니가 붙어야겠죠, 아가씨?

줄리어 아냐, 안 돼, 루셋타! 보기 흉하다구.

루셋타 민자로 둥근 바지는 앞에 주머니가 없으면 그야말로 유행에 뒤떨어진 꼴불견일 걸요.

줄리어 루셋타, 날 사랑한다면 네 마음에 드는 가장 맵시나는 모양으로 해주렴……그렇지만 얘, 내가 이렇게 경솔하게 여행을 한다면 세상 사람들은 뭐라고 입방아를 찧을까? 나쁜 소리를 할 게 분명해.

루셋타 그렇게 걱정이 되시면 가지 말고 집에 계세요.

줄리어 아냐, 그렇게는 못 해.

루셋타 나쁜 평 같은 건 신경쓰지 말고 떠나세요. 아가씨가 오신 걸 프로튜스 님께서만 반겨 주신다면 아가씨가 떠난 후에 누가 뭐라한들 무슨 상관이겠어요? 혹시 프로튜스 님이 언짢게 생각하실까 걱정이 될 뿐이에요.

줄리어 루셋타, 그건 조금도 걱정할 것 없어. 수천 번 맹세를 했고, 눈물을 바닷물만큼이나 흘리며 한없이 사랑의 증거를 보여 주셨어. 프로튜스 님께서는 틀림없이 날 환영해 주실 거야.

루셋타 그건 여자를 속일 때 남자들이 흔히 쓰는 수법이에요.

줄리어 그런 비열한 목적에 수단을 가리지 않는 사람은 역시 비열한 사람이야. 프로튜스 님을 탄생케 한 건 성실한 별이었어 ──그분의 말은 곧 증거요, 그분의 맹세는 곧 신

탁(神託)이야. 그분의 사랑은 성실하고, 그분의 생각은 깨끗하고, 그분의 눈물은 진실이 보낸 순결한 사자야. 그분의 마음과 거짓과는 하늘과 땅 차이야.

루셋타 아가씨께서 그분에게 가셨을 때, 그 말씀대로 되시기를 빌어요.

줄리어 네가 날 사랑한다면 그분의 진실성을 의심해서는 안 돼. 나의 사랑을 받으려거든 그분을 경애하도록 해. 그럼 곧 나와 같이 내 방에 가서 이 애타는 여행에 필요한 목록을 만들어줘. 내 물건은 모두 너에게 맡길게. 내 물품, 내 토지, 내 명예 모두를 말야. 그 대신 날 여기서 떠나게만 해다오. 자 대답은 안 해도 좋아. 빨리 서둘러 주렴 ──난 더 이상 머뭇거릴 순 없어. (두 사람 퇴장)

제 3 막

●

지혜보다 머리카락이 많다?
그럴지 모르지. 내가 증명하지……
소금 뚜껑은 소금을 덮고 있지 뭐야. 그러니
소금보다 뚜껑이 더 크지. 큰 것이 작은 것을 덮는
법이니까. 따라서 지혜를 덮고 있는 머리카락이
지혜보다 더 많고 클 거라구.
—1장 라안스의 대사 중에서

제 1 장   밀라노. 공작의 궁전 앞

공작, 수리오, 프로튜스 등장.

공작   수리오 경, 잠시 동안 자리를 비켜 주기 바라네
──우리 둘이서 은밀히 할 얘기가 있으니……(수리오 인
사를 하며 퇴장)
자자, 프로튜스, 내게 할 말이 있다고 했었지?

프로튜스   공작 각하, 제가 지금 말씀드리려는 것은 친구
의 도리로서는 감춰 둬야 할 일이오나 ──이 하찮은 사람
에게 ──내려주신 공작님의 은혜를 생각하니 이 세상의 어
떤 비밀일지라도 말씀드리는 것이 저의 의무라 생각됩니다.
각하, 다름이 아니라 저의 친구 발렌타인이 오늘밤 공작님의
따님을 훔쳐낼 계책을 꾸미고 있습니다. 저 자신도 이 계책
에 가담되어 있습니다……공작님께서는 아가씨를 수리오에
게 주실 생각이시지만 따님께서는 수리오를 싫어한다는 것
도 잘 알고 있습니다. 만일 아가씨를 도둑맞게 된다면 연로
하신 공작님에게 그 얼마나 고통이 되겠습니까……그래서
저의 의무를 생각해서 ──그 친구의 계책을 미리 말씀드리
려고 합니다. 그냥 감춰 둔다면 공작님에게 커다란 슬픔이
덮쳐 그것이 화근이 되어 때 아니게 무덤으로 가시게 될지
누가 알겠습니까.

공작   프로튜스, 자네의 그 충정에 감사하네. 내 살아 생
전에 무엇으로든 보답할 테니 자네 소망을 말하게……그 두

사람의 사랑을 나도 눈치채고는 있었다네. 그들은 내가 깊이 잠든 줄로 생각하는지 모르지만 난 여러 번 발렌타인에게 내 딸과의 교제를 끊게 하고 내 집 출입을 금하게 하려고 생각했어. 그렇지만 내 추측이 빗나가서 무고한 사람에게 쓸데없이 욕을 보이게 되지나 않을까 염려해서——사실 난 오늘까지 경솔한 짓을 피해 왔지——나는 온화한 얼굴로 그를 대하면서 자네가 방금 내게 말해 준 그런 사실을 발견하려고 애써 왔던 걸세……내가 이런 일이 생길까봐 걱정한 증거로, 젊은 사람은 쉽게 유혹당하기 때문에 난 내 딸을 밤마다 높은 탑에다 재우고, 열쇠는 내가 지니고 있었단 말일세. 그러니 그곳에서 딸애를 빼내는 건 불가능하다네.

프로튜스 각하, 그들은 방법을 짜내어 발렌타인이 따님의 침실 창문에 줄사다리를 놓고 타고 올라가서 따님을 데리고 내려올 계획입니다. 그 젊은 연인들은 줄사다리를 가지러 갔으니까 곧 이리로 올 겁니다. 그러니까 각하께선 마음만 정하시면 그 친구의 계획을 제지시킬 수 있으십니다…… 하지만 각하, 제가 일러바친 사실은 조금이라도 눈치채지 않게 해주십시오. 제 친구가 미워서가 아니라, 각하를 흠모하기 때문에 그 친구의 계책을 말씀드린 겁니다.

공작 내 명예를 걸고 자네에게서 들었다는 걸 절대로 눈치채지 않게 하겠네.

프로튜스 그럼 물러가겠습니다. 각하, 발렌타인이 옵니다. (그는 궁전 안으로 들어간다)

발렌타인 외투를 입고 장화를 신고서 등장.

공작　발렌타인 경, 어딜 그리 급히 가나?

발렌타인　저의 편지를 친구들에게 가져다 줄 사자에게 가는 길입니다.

공작　중대한 편지인가?

발렌타인　그저 각하의 궁전에서 몸 성히 잘 지낸다는 내용입니다.

공작　뭐 그리 대단찮군그래. 그렇다면 여기서 잠깐 나하고 있어 주게 —— 다름이 아니라 내 집안일인데, 자네하고 좀 상의할 얘기가 있다네. 절대 비밀로 해줘야겠네……(공작은 발렌타인의 팔을 붙잡고) 내 딸년을 수리오와 결혼시키려는 건 자네도 알고 있겠지?

발렌타인　잘 알고 있습니다, 각하 —— 재산에도 명예에도 알맞는 혼사인 줄로 압니다. 더구나 신랑되실 분은 덕이 있고, 도량이 넓고 재주가 뛰어나고 인품이 좋으시니 각하의 아름다운 따님을 아내로 맞이하기에 부족함이 없는 분입니다. 각하의 뜻이라면 따님께서도 그 사람을 마다하지 않으실 겁니다.

공작　말이 났으니 말이지, 내 딸애는 성질이 까다롭고 음울하고 외고집이지. 게다가 오만하고 순종을 모르는 불효자식이라구. 그애는 내 자식이라고 생각지도 않으려니와 딸애도 날 제 아버지라고 무서워하지도 않아. 그래서 자네한테 얘긴데 그 교만함 때문에 —— 난 생각 끝에 —— 딸애에 대한 사랑을 단념해 버리고 말았어. 지금까지는 내 여생을 딸애의 효성에 의지하려고 했네만, 이제 마음을 바꾸어 후처를 맞이하고 딸애는 누구든 상관 않고 데려가겠다는 사람에게 줄 결심을 했다네. 그러니 제 예쁜 얼굴을 지참금으로 하라지. 내 딸은 나와 내 재산 따위는 거들떠보지도 않으니.

발렌타인 이 일에 대해 각하께서는 저에게 어떻게 하란 말씀이신지요?

공작 이 베로나에 내 마음에 드는 여자가 있네. 그 여자는 얌전하고 몹시 수줍어해 도무지 이 늙은이의 말을 들으려 하지 않아……그러니 자네가 좀 가르쳐 주면 좋겠네——여성에게 구혼하는 방법을 잊은 지도 오래 됐고 그뿐만 아니라 또 세월따라 유행도 달라졌으니——어떻게 하면 내가 태양처럼 빛나는 미인의 눈에 들 수 있겠나.

발렌타인 말로 호소하는 것을 무시한다면 선물로써 그 여자의 마음을 잡으셔야 합니다. 말 못 하는 보석은 종종 그 조용한 성질 때문에 생생한 언어 이상으로 여성의 마음을 움직입니다.

공작 그렇지만 그 여자는 내가 보낸 선물을 능멸하더라구.

발렌타인 여자는 마음에 드는 것도 때로는 능멸하는 수가 있습니다……다른 물건을 보내보십시오. 절대로 단념해서는 안 됩니다——처음의 능멸은 나중에 보다 깊은 사랑으로 맺어질 수 있습니다. 그 여인이 설령 얼굴을 찡그린다 해도 그것은 공작님을 미워해서가 아니라 공작님의 보다 많은 사랑을 받기 위해서입니다. 여자가 언짢게 소리를 질러도 결코 가버리라는 뜻은 아닙니다. 여자란 미련해서 혼자 있게 되면 돌아버리게 마련입니다. 여자가 뭐라고 하더라도 물러서서는 안 됩니다——저편에서 비록 "돌아가세요."라고 해도 그건 정말 가라는 말이 아닙니다. 여자의 아름다움을 입에 침이 마르도록 칭찬해 주십시오. 아무리 새까만 얼굴이라도 천사와 같다고 하십시오. 혀가 있으면서 그 혀로 여자 하나를 설득시키지 못한다면 그건 사나이가 아닙니다.

공작 그런데 말일세, 그 여자는 친구들의 주선으로 한 젊은 남자와 약혼을 했고, 다른 남자들의 접근은 절대로 금지되어 있어. 어떠한 남자라도 낮에는 그 여자에게 다가갈 수가 없다니까.

발렌타인 저 같으면 밤에 찾아가겠습니다.

공작 그런데 방문에는 자물쇠가 채워져 있고, 열쇠는 단단히 보관되어 있어서 밤에도 얼씬거릴 수가 없다네.

발렌타인 창문으로 들어가면 방해하는 사람은 없지 않겠습니까?

공작 그 여자의 침실은 땅에서 아주 높고 손발을 의지할 수 없는 탑 위에 돌출되어 있어서 목숨을 걸지 않고는 올라갈 수가 없어.

발렌타인 그렇다면 줄로 멋지게 만든 사다리에 갈쿠리를 두 개 달아서 던져 올리면 바로 히이로의 탑으로 올라갈 수 있습니다. 리안더처럼 모험심만 있으면 말이죠.

공작 자네를 이름 있는 가문의 신사라 믿고 부탁하겠는데 그런 사다리를 어디서 구할 수 없을까?

발렌타인 언제 쓰시겠습니까? 우선 그걸 말씀해 주십시오.

공작 바로 오늘밤일세. 사랑은 어린애와 같아서 뭐든지 손에 넣을 수 있는 거라면 갖고 싶어하거든.

발렌타인 일곱시에 그 사다리를 가져다 드리겠습니다.

공작　한데 이보게, 나 혼자 그 여자한테 가려고 하는데 ──어떻게 그 사다리를 들고 가지?

발렌타인　공작님, 사다리는 가벼우니까 긴 망토 밑에라도 감춰 가져갈 수가 있습니다.

공작　자네의 망토 정도라면 되겠나?

발렌타인　예, 공작님.

공작　그럼 자네 망토 좀 보여 주게. 나도 그만한 길이의 것을 구해야겠으니.

발렌타인　어떤 망토든 상관없습니다, 공작님.

공작　망토는 어떻게 입으면 되지? 어디 자네 망토를 좀 입어 보세……(발렌타인의 망토를 낚아챈다. 이때 사다리와 편지가 땅에 떨어진다) 이건 무슨 편지인가? 뭐라고 씌어 있지?── "실비어 아가씨에게"? 그래, 나에게 필요한 줄사다리와 함께 있다! 내친 김에 감히 남의 편지를 좀 뜯어 보자. (읽는다)

　　밤마다 나의 마음은 실비어와 함께 하고 그 마음은 나의 벅찬 가슴이 보내는 나의 하인이로소이다. 오오, 그 마음의 주인인 나에게 나래가 있다면 사뿐히 날아──의식 없이 누워 있는 그곳에 즐거이 머물련만. 내 마음(역자 주:연서) 미리 가서 청순한 그대 가슴에 안기니 그것을 서둘러 보낸 이 몸은 미련한 내 하인에게 이처럼 은혜를 주신 당신의 자비가 원망스럽고 저주스럽소. 이 몸이 받지 못한 행운을 나의 하인이 누리고 있으니. 주인이 있어야 하는 곳에 마음만을 보내 그곳에 머무르게 한 자가 바로 나일진대, 나는 자신을 원망하나이다.

여기 쓴 추신은 뭐지?

"실비어여, 바로 오늘밤 그대를 자유의 몸이 되게 하리라
……" 역시 그렇군. 그래서 줄사다리가 여기 있단 말이지……
(그는 발렌타인에게로 돌아선다)
야, 패톤! ──넌 태양의 신 휘버스가 비천한 여자의 몸에
서 출생시킨 패톤처럼 ──하늘의 수레를 몰고 다니며 불손
하게도 이 세상을 불태우는 어리석음을 저지르려는가? 네
머리 위에 별이 반짝인다 하여 그 별들에게로 올라갈 텐가?
물러가라 비천한 침입자야, 가 버려. 오만하고 불경스런 종
놈아, 사탕발림하는 웃음은 자네 같은 계집들에게나 줘라.
용서 못할 네 놈이다만 여기서 고이 내보내는 것은 나의 참
을성이 주는 특전인 줄 알아라……지금까지 너에게 베푼 여
러 가지 과분한 은혜 이상으로 고마운 줄이나 알라구……만
약 이 궁전에서 한시바삐 떠나지 않고 뭉기적거릴 땐 신에
게 맹세한다, 나의 분노는 여태까지 내 딸애나 네게 베풀었
던 사랑보다 몇십 배 더 호될 것이다…… (발렌타인 주저앉는
다) 가라구, 쓸데없는 변명 따윈 듣기 싫다. 목숨이 아깝거
든 당장 꺼져 버려. (그는 홱 돌아서서 궁전으로 들어간다)
　　발렌타인　(풀이 죽어) 살아서 고통을 받느니 차라리 죽
는 편이 낫다. 죽는 것은 나 자신으로부터 추방되는 것. 그리
고 실비어는 나 자신이 아닌가! 그러니까 실비어에게서 추
방되는 것은 나 자신이 나에게서 추방되는 것이다……아!

그렇다면 이 추방은 바로 죽음이 아닌가. 실비어를 볼 수 없다면 빛이 있다고 할 수 있겠는가? 실비어가 옆에 있지 않는다면 기쁨이 있다고 할 수 있겠는가? 그저 그녀가 내 곁에 있다고 상상하고 그 완벽한 아름다움을 가진 그녀의 환영을 그려 보는 것이 고작이 아니겠는가……밤에 실비어와 함께 있지 못한다면 꾀꼬리의 노래도 음악일 수 없고……낮에 실비어를 보지 못한다면 쳐다볼 해님이 없는 것과 같다……그녀는 나의 생명의 근원——그녀의 아름다운 빛에 감싸여 양육되고 빛을 받고 은덕을 입어 살아갈 수 없다면 차라리 죽는 편이 낫다……공작님이 내린 죽음의 선고를 피했다고 해서 죽음을 피할 수는 없을 것이다——여기에 지체하고 있다가는 죽음을 면할 수 없겠지——그렇다고 해서 도망을 간다면 그것도 바로 생명을 떠나는 것이 아닌가. (그는 땅에 얼굴을 파묻는다)

프로튜스와 라안스가 궁전에서 나온다.

프로튜스 이봐, 어서 어서 달려가 그 사람을 찾아봐.
라안스 (이쪽저쪽 뛰어다니다가 소리를 지른다) 여기 있다! 여기 있다!
프로튜스 뭐가 있다는 거냐?
라안스 찾고 있는 그 사람 말예요. 머리카락 하나 틀리지 않고, 발렌타인 바로 그 사람이라구요.
프로튜스 (발렌타인에게로 허리를 굽힌다) 발렌타인인가!
발렌타인 아냐.
프로튜스 그럼 누군가? 그의 유령인가?

발렌타인 그것도 아냐.

프로튜스 그럼 뭐야?

발렌타인 아무것도 아닌 거다.

라안스 아무것도 아닌 게 말할 수가 있어? 나리, 패줄까요?

프로튜스 누굴 팬다는 거냐?

라안스 아무것도 아닌 것을요.

프로튜스 고얀 놈, 그만둬.

라안스 왜요, 나리, 아무것도 아닌 것을 패는 건뎁쇼. 제 발이지 ── (그는 몽둥이를 쳐든다)

프로튜스 그만두라니까……발렌타인, 할 말이 있다.

발렌타인 내 귀는 꽉 막혔어. 그래서 좋은 소식을 들을 수 없어. 내 귀는 이미 나쁜 소식으로 가득 차 있다니까.

프로튜스 그럼 나의 이야기는 침묵 속에 묻어 두지. 귀에 거슬리고 듣기 흉한 나쁜 소식이니까.

발렌타인 (고개를 쳐든다) 실비어가 죽었나?

프로튜스 그렇지 않아, 발렌타인.

발렌타인 성스러운 실비어에게 이제 발렌타인은 있으나 마나야. 실비어가 날 배반했는가?

프로튜스 그렇지 않대두, 발렌타인.

발렌타인 실비어가 날 배반했다면 발렌타인은 있으나마 나지 ──나한테 할 얘기란 게 뭔가?

라안스 도련님을 추방한다는 포고가 나왔습니다요.

프로튜스 자네에게 추방령이 내렸다네…………딱하게 됐군 ──여기서 실비어와 또 친구인 나와 헤어지게 됐지 뭔가.

발렌타인　　그 고통은 벌써 맛보았다네. 그것도 지나치면 식상하지 않겠나……실비어는 내가 추방된 걸 알고 있는가?

프로튜스　　알다뿐이겠는가. 그녀는 그 선고를 듣자 —— 그것을 철회시켜 보려고 했으나 취소되지 않고 그대로 남아 있는데 ——녹아버린 진주가 눈물이라 부르는 것이 되어 이 것이 바다처럼 아버지의 무정한 발을 적시고 또 그 앞에 무 릎을 꿇고 엎드려 손을 비벼 짜며 애원했네. 하얀 손은 슬픔 때문에 창백해진 듯하여 어울려 보였고. 그러나 구부린 무릎 도, 높이 쳐든 순백한 손도, 슬픈 한숨과 깊은 신음도, 쏟아 지는 은빛 눈물도 비정한 아버지의 마음을 흔들 수는 없었 다네. 발렌타인은 잡히기만 하면 오직 죽음밖에 없단 말이야 ……어디 그뿐인가, 실비어가 자네 사면을 탄원하면 할수록 아버지의 역정을 사서 심지어는 실비어를 언제까지라도 감 방에 가두어 버리겠다고 위협을 하시더니 결국 감금하고 말 았다구.

발렌타인　　이제 그만해……자네가 다음에 할 말이 내 목숨 을 앗아갈 마력이 있다면 모르되, 아니 마력이 있다면……한 없는 슬픔을 끝내 줄 마지막 찬미가 되도록 내 귀에다 불어넣 어 주게.

프로튜스　　어쩔 수 없지 않나, 슬퍼하지 말게. 그보다는 이 슬픈 상황을 어찌 대처할 건가 궁리를 해야지. 시간은 모 든 행복의 유모요, 양육자로다. 자네가 여기 머물러 있는다 해도 애인을 만나볼 수 없을 뿐더러 오히려 목숨을 단축시 키는 것이 된다네. 희망이라는 것은 연인의 지팡이이지

──그 지팡이를 의지하고 여길 떠나서 절망을 달래며 살아나가라구. 설사 여기를 떠난다 해도 편지 내왕은 할 수 있어. 내 앞으로 써서 보내주면 자네 연인의 순결한 가슴에 꼭 전해 줄 터이니……(발렌타인 일어선다) 콩 나와라 팥 나와라 하고 있을 때가 아니야──자, 내가 성문밖까지 바래다 주지. (프로튜스 그를 떨친다)……작별하기 전에 자네 연애 건에 대해서 대강 얘길 해보자구. 자신을 위해서가 아니라도, 실비어를 위해서 자네에게 닥친 위험을 피하도록 각별히 조심해야지. 자, 같이 가세.

발렌타인 이봐, 라안스, 내 하인을 만나거든 급히 북문으로 오라고 전해.

프로튜스 어서 가서 찾아봐……자, 발렌타인.

발렌타인 오오, 사랑하는 실비어! 비운의 발렌타인! (발렌타인과 프로튜스 퇴장)

라안스 아, 여러분, 제가 지지리 못나기는 했지만요, 우리 도련님이 악당이라는 걸 모를 만큼 돌머리는 아니라구요. 우리 도련님이 일종의 악당이긴 하나, 그렇다구 무슨 상관이 있겠습니까……내가 연애를 하고 있다는 걸 아는 사람은 이 세상에 한 사람도 없습니다──그래도 난 연애를 하고 있다 이 말씀입니다──말 두 필이 날 잡아당겨도 그 비밀을 내 입에서 끌어낼 순 없지요. 그러니 내 연인이 누군지도 알 수 없을 테고. 어쨌든 내 애인은 여자지요. 하지만 어떤 여자인지 죽어도 입 뻥긋 안 할 겁니다. 한데 젖짜는 가시네란 말씀인데. 그렇지만 숫처녀는 아니고. 애를 뱄었으니까요. 그래도 가시네는 가시네죠. 월급받고 주인의 일을 보는 가시네요……(호주머니를 뒤적인다) 물새 사냥을 하는 곱슬개보다야 훨씬 약고요 ──보통 기독교인 치고는 인물이란 말씀이죠……(종이를 꺼낸다) 이게 그 가시네의 성격 조서(調書)렷다. "그 가시네는 물건을 손에 들 수도 운반할 수도 있다."……어때, 말도 이보다 더 잘 할 수는 없지. 아냐, 말은 물건을 들지는 못하고, 단지 운반할 줄 안단 말야. 그러니까 가시네는 말보다는 낫다 이 말씀이지. 다음 조항 "그 가시네는 우유를 짤 수 있다."──그렇지, 마음씨도 좋고, 손도 분결같이 예쁜 계집이란 말이지.

스피드 등장.

스피드 이봐, 시뇨르 라안스! 자네 주인님 뱃속은 어떠신가?

라안스 우리 주인나리의 배라구? 그야, 어디 있겠어, 바다에 있지.

스피드 원 그놈의 입버릇은 여전하군그래. 내 말은 그게 아냐……그런데 그 종이 쪽지에는 뭐가 씌어 있지?

라안스 가슴이 미어질 만큼 새까만 사연이야.

스피드 그래? 얼마나 검은데?

라안스 먹처럼 검다구.

스피드 내가 읽어 볼게.

라안스 쳇, 까막눈이 어떻게 읽어.

스피드 허튼 소리마……읽을 수 있다구.

라안스 그럼 어디 실험해 보자. 자, 말해 봐. 자네는 누구 자식이지?

스피드 그야 우리 할아버지의 아들의 자식이지.

라안스 야, 이 무식한 왈패야. 자네 아버지는 자네 할머니의 아들이야……그것만 봐도 자네가 까막눈인 게 틀림없어.

스피드 이 시답지 않은 위인아, 자네 문서를 갖고 시험해 보라구.

라안스 자……(문서를 건네며) 학문의 신이 자네를 도와주시기를!

스피드 "하나, 그 여자는 우유를 짤 수 있다."

라안스 아무렴, 할 수 있지.

스피드 "하나, 그 여자는 술을 잘 담글 수 있다."

라안스 그래, "술을 잘 담그는 자는 축복을 받을지어다." 라는 속담도 있어.

스피드 "하나, 그 여자는 바느질을 할 줄 안다."

라안스 아마 별로 신통치는 않을걸.

스피드 "하나, 그 여자는 뜨개질을 할 줄 안다."

라안스 여자가 남자 양말을 기울 줄 알면 남자는 양말 걱정을 안 해도 되지.

스피드 "하나, 그 여자는 씻을 줄도 알고 닦을 줄도 안다."

라안스 그건 굉장한 장점이야. 내가 씻어 주고 닦아 주고 하지 않아도 되니까.

스피드 "하나, 그 여자는 베를 짤 줄 안다."

라안스 그 여자가 베를 짜서 살아갈 수 있으니 난 만사태평이겠군.

스피드 "하나, 그 여자는 여러 가지 이름 붙일 수 없는 미덕이 있다."

라안스 그건 사생아의 덕임이 분명해. 아이 아버지가 누군 줄 모르니 이름을 붙일 수 없지.

스피드 다음은 그 여자의 결점.

라안스 미덕의 발꿈치를 따라 바로 나올 게 뭐람!

스피드 "하나, 그 여자는 입냄새가 심해서 아침밥을 먹기 전에는 키스할 수 없다."

라안스 원……그까짓 버릇쯤 고치기야 아침밥 먹이는 거지……계속 읽으라구.

스피드 "하나, 그 여자는 달콤한 입을 가졌다."

라안스 그럼 입냄새는 고친 셈이군.

스피드 "하나, 그 여자는 자면서 말이 많다."

라안스 그야 문제 없지, 말할 때는 잠을 안 잘 테니까.

스피드 "하나, 그 여자는 말이 느리다."

라안스 이 고얀 녀석, 그걸 그 여자의 결점 속에 적어 넣다니! 말이 느린 건 그 여자의 유일한 미덕이야. 제발 그런 건 지우고 그녀의 중요한 미덕 속에 갖다 놓게.

스피드 "하나, 그 여자는 오만하다."

라안스 그것도 지워……이브 이래의 유전이야. 그걸 여자로부터 빼낼 순 없는 거지.

스피드 "하나, 그 여자는 이가 없다."

라안스 상관없어……딱딱한 빵 껍질은 내가 좋아하니까.

스피드 "하나, 그 여자는 말괄량이다."

라안스 잘됐군……이가 없으니 물지는 못할 게 아냐.

스피드 "하나, 그 여자는 이따금 자기가 담근 술을 칭찬한다."

라안스 자기가 담근 술맛이 좋으면 맛보는 건 당연하지. 그녀가 맛보지 않으면 내가 맛을 봐주지. 어쨌든 좋은 건 칭찬받아야 해.

스피드 "하나, 그 여자는 너무 헤프다."

라안스 입이 무겁다고 적혀 있으니 입이 헤플리는 없고. 돈지갑을 헤프게 열 수야 없지. 내가 챙길 거니까. 그런데 다른 것 하나야 제멋대로 할 수 있겠지. 그거야 난들 어쩔 수 있나?……다음은 뭐지?

스피드 "하나, 그 여자는 지혜보다 머리카락이 많고, 머리카락보다 허물이 많고, 허물보다 돈이 더 많다."

라안스 잠깐……난 그 여자를 마누라로 삼겠다……마누라로 삼을까 말까 두세 번 망설인 건 마지막 대목 때문이었어. 어디 한 번 다시 읽어 보게.

스피드 "하나, 그 여자는 지혜보다 머리카락이 많고──"

라안스 지혜보다 머리카락이 많다? 그럴지 모르지. 내가 증명하지……소금 뚜껑은 소금을 덮고 있지 뭐야. 그러니 소금보다 뚜껑이 더 크지. 큰 것이 작은 것을 덮는 법이니까. 따라서 지혜를 덮고 있는 머리카락이 지혜보다 더 많고 클 거라구. 그 다음은 뭐지?

스피드 ──"머리카락보다 허물이 많고──"

라안스 그건 너무해. 오, 그것만은 제발 빼줘!

스피드 ──"허물보다 돈이 더 많다."

라안스 참, 그래서 허물도 훌륭해지는가 보군. 좋아, 그 여자를 마누라로 삼겠어. 일단 결정한 이상 이 세상에 불가능이 어디 있어 ——

스피드 그 다음은 뭐지?

라안스 다음을 말해 주지 —— 자네 주인님이 북문에서 기다리고 있어.

스피드 날?

라안스 그래 자넬! 그런데 자넨 누구지? 주인님은 자네보다야 나은 사람을 기다릴 텐데 말이야.

스피드 그럼 어쩌지? 그래도 가봐야지?

라안스 단숨에 뛰어가야 해. 여기서 너무 오래 지체했어. 지금 가도 못 만날는지 몰라.

스피드 왜 진작 말해 주지 않았어. 고놈의 연애글 때문에 제기랄! (뛰어간다)

라안스 멍청한 녀석, 내 연애 편지를 읽다가 늦었어…… 혼이 나도 되게 날걸. 버릇없는 후레자식, 남의 비밀에 참견하다니……나도 뒤따라가 보자, 그 녀석 혼벼락 맞는 꼴 좀 보게. (뒤따라 퇴장)

제 2 장   밀라노. 공작의 궁전의 한 방

공작과 수리오 등장.

공작   수리오 경, 걱정 말게. 이제 발렌타인이 추방되어 내 딸애와 만날 수가 없게 되었으니 그앤 자넬 사랑하게 될 걸세.

수리오   그자가 추방된 후로 따님께선 절 무척이나 능멸하고, 자리를 같이하기를 거절하고, 또 면박까지 주었습니다. 아무래도 따님을 제 아내로 맞이할 가망이 없어 보입니다.

공작   딸애 가슴에 새겨진 사랑의 허무한 인상은 얼음에 새겨 놓은 것과 같아 한 시간만 열을 받아도 녹아서 물이 되고 그 형체를 찾아볼 수 없게 되는 법……좀 있으면 딸애의 얼어붙은 생각도 녹아 버리고 변변치 못한 발렌타인을 잊게 될 걸세……

프로튜스 등장.

여보게 프로튜스 경! 자네 고향 친구는 선고대로 이곳을 떠났는가?

프로튜스   예, 떠났습니다, 공작님.

공작   내 딸애는 그자의 추방을 슬퍼하고 있어!

프로튜스   좀 시간이 흐르면 그 슬픔은 사그러들 것입니다, 공작님.

공작 나도 그렇게 생각하지만 수리오 경의 생각은 달라
……프로튜스, 난 자네가 썩 마음에 드네──훌륭한 공을
세워주었으니 말일세. 프로튜스──그래서 자네와 상의를
해야겠네.

프로튜스 (절을 하며) 제가 공작님께 대한 충성을 저버
린다면 두 번 다시 공작님의 존안을 뵙지 않겠습니다.

공작 내가 수리오 경에게 딸애를 짝지어 주려고 무척이
나 애를 쓰는 걸 자네는 알고 있겠지?

프로튜스 알다뿐이겠습니까, 공작님.

공작 그리고 딸애가 내 의사를 타박하고 있다는 것도 자
네는 알 테지?

프로튜스 예, 발렌타인이 이곳에 있을 때는 그랬습니다.

공작 암, 지금도 고집을 부리고 있다네……어떻게 하면
딸애가 발렌타인의 사랑을 잊어버리고 수리오 경을 사랑하
게 될 수 있을까?

프로튜스 최상의 방법이 있습니다. 발렌타인이 거짓말쟁
이에다 비겁하고 또 몹쓸놈이라고 비방하는 겁니다. 이 세
가지는 여자들이 가장 싫어하는 것입니다.

공작 혹시 딸애는 그게 그자를 미워해서 중상하는 거라
고 생각하지 않을까?

프로튜스 발렌타인의 연적이 그런 말을 하면 그렇게 생
각하겠지요……그러니 따님이 그의 친구라고 생각하는 사
람을 시켜서 넌지시 귀띔을 하도록 해야 되겠습니다.

공작 그럼, 자네가 헐뜯는 일을 맡아 주어야겠네.

프로튜스 공작님, 그건 곤란합니다……신사로서 도저히

94

친구를 헐뜯을 순 없습니다.

공작 자네가 그 사람을 위해 변호해 준다고 해서 아무 이득이 될 게 없으니까, 그자를 헐뜯는다고 해도 결코 해가 될 건 없네. 그러니 자네의 역할은 좋고 나쁘고가 없지. 다만 자네의 벗 같은 내 간청을 받아 하는 것뿐이니까.

프로튜스 그럼 말씀대로 하겠습니다, 공작님. 다행히 제 친구에 대한 비방이 다소라도 먹혀들어간다면 따님의 사랑 도 사그러들 겁니다. 그러나 따님의 사랑을 발렌타인으로부 터 돌린다 치더라도 반드시 따님이 수리오를 사랑하리라고 장담할 수는 없습니다.

수리오 그러니 당신이 아가씨의 사랑을 그자에게서 풀어 서 ── 그 사랑이 헛되지 않게 ── 내게 감기게 해달란 말 이오. 그러자면 발렌타인 경을 헐뜯는 동시에 그만큼 날 칭 찬해 줘야 하오.

공작 프로튜스, 우리는 이 일에 관해 자네를 믿네. 자넨 사랑의 신을 굳게 믿는 사람이오, 쉽사리 날 배반하거나 변 절하지 않는 사람이라는 걸 발렌타인으로부터 들어서 알고 있기 때문일세……그래서 자네가 자유롭게 실비어와 가까 이해서 이야기하도록 허락하는 거지……딸애는 지금 풀이 죽고 마음이 무겁고 우울하니까 ── 자네가 발렌타인의 친 구이니만큼 ── 반가이 맞아 줄 거네. 그러니 자네가 딸애 를 잘 설득하여 발렌타인을 싫어하고, 나의 친구를 사랑하도 록 딸애의 마음을 돌려 주게.

프로튜스 성심성의껏 해보겠습니다……한데 수리오 경, 당신은 열의가 부족한 것 같소. 당신도 애절한 소네트를 쓰고 해서 아가씨의 마음을 사로잡아야 합니다. 그 시에 헌신한다는 맹세를 가득 집어 넣으셔야 하지 않겠습니까.

공작 그게 좋겠지, 신성한 시의 힘은 위대하거든.

프로튜스 이렇게 쓰세요, 그대의 아름다움의 제단에 나의 눈물과 한숨과 마음을 바치노라구 말이에요. 잉크가 마르도록 쓰면 당신의 눈물로 다시 적시는 겁니다. 그러한 성실함을 나타내는 감동적인 시를 지어 보세요……오르페우스의 류트는 시인의 심줄로 줄을 맺기 때문에 그 황금 같은 소리로 강철도 돌도 녹이고 사나운 범도 유순하게 하며 거대한 바다 짐승도 깊은 물 속을 박차고 나와서 모래 위에서 춤을 추게 한다지 뭡니까……당신은 애달픈 노래를 지어 보내고 악사들을 대동하고 밤마다 아가씨의 창가로 찾아가, 그 악기에 맞춰서 슬픈 노래를 부르세요. 초목도 잠자는 밤의 고요함은 당신의 달콤하고 애절한 노래를 부르기에 꼭 알맞을 겁니다……그외에는 아가씨의 마음을 사로잡을 묘책은 없소이다.

공작 자네의 가르침을 들으니 자네가 연애경험자라는 걸 알겠네.

수리오 당신의 충고를 오늘밤 곧 실행하겠습니다. 나의 고마운 스승인 프로튜스 경, 나와 함께 곧 읍내에 가서 음악에 능통한 악사들을 선발합시다. 다행히 내게 소네트 한 수가 있는데 당신의 충고대로 써먹을 것이오.

공작 당장 착수하게.

프로튜스 (뒤따라가며) 저녁식사 후까지 공작님을 시중들고 그후에 이 일을 실행하겠습니다.

공작 내 허락하니 지금 당장에라도 시작하게! (공작은 저녁식사를 하러 안으로 들어간다. 프로튜스와 수리오는 궁전을 떠난다)

제 4 막

●

이 교활하고 언약을 지키지 않는
신의 없는 위선자! 당신은 내가 천박하고
투미한 여자인 줄 아시나 보죠. 거짓 맹세로
많은 여자들을 속인 간사한 말에 휘말릴 줄
아시나요? 나는―이 창백한 밤의 여왕
달님을 두고 맹세하죠! 결코 당신의
소원을 들어줄 순 없어요.
―2장 실비어의 대사 중에서

제 1 장 숲으로 통하는 길

활과 화살을 가진 세 명의 산적들이 가시덤불 속에서 망을 보고 있다. 발렌타인과 스피드 등장.

산적1 모두 정신차려……나그네가 온다.

산적2 열 놈이 와도 겁먹지 말고 때려 눕혀.

산적들은 앞으로 나서서 활을 들고 길을 가로막는다.

산적3 서라, 가진 것 다 내놔……말을 안 들으면……꿇어앉혀 놓고 몽땅 털 테다.

스피드 주인님, 우린 끝장입니다요. 저치들은 나그네들이 모두 겁내는 그 산적들입니다요.

발렌타인 (침착하게) 친구들——

산적1 개수작 마라, 우린 너희들의 적이다.

산적2 가만 있어……이치 얘길 들어 보자구.

산적3 그러지, 보기에 귀티 나는 작자 같으니까.

발렌타인 내 말을 들어 봐요. 난 내줄 게 별로 없소이다. 난 역경에 처해 있는 사람이오. 내 재산이라야 이 헌털뱅이 옷뿐이오. 이것마저 벗겨가면 내 전재산을 뺏아가는 셈이오.

산적2 어딜 가는 길이냐?

발렌타인 베로나요.

산적1 어디서 왔지?

발렌타인 밀라노요.

산적3 밀라노에서 오래 있었는가?

발렌타인 일 년하고 사 개월 가량 있었소. 심술궂은 운명이 훼방놓지 않았던들 좀더 오래 있었을 텐데.

산적1 그렇다면 거기서 추방당했다는 말이냐?

발렌타인 그렇소.

산적2 무슨 죄지?

발렌타인 다시 입에 담는 것만 해도 괴로운 일이오. 난 살인을 했소, 지금은 후회하고 있지만. 그러나 사내답게 당당히 결투로 죽인 것이지 부정한 수단이나 비열한 숙계는 쓰지 않았다 이 말씀이오.

산적1 그렇다면 얼어죽을 후회는 왜 해. 아니 그런 사소한 죄목 때문에 추방을 당했어?

발렌타인 그렇소, 그 정도의 벌이 된 것만도 불행 중 다행으로 생각하오.

산적2 여러 나라들의 말을 잘할 줄 아나?

발렌타인 젊어서 여행을 많이 했기 때문에 언어에는 정통하오. 그렇지 않았다면 고생깨나 했을 거요.

산적3 로빈 훗의 부하 뚱보 수도사 대머리에 두고 말하겠는데 이자를 우리 산적들의 두목으로 모시면 좋겠다.

산적1 우리 일당에 넣자……이보게들, 할 말이 있네. (산적들은 발렌타인에게서 떨어져 이야기한다)

스피드 주인님, 저 패거리에 끼십시오. 도둑치고는 점잖은 축 같습니다요.

발렌타인 가만 있어, 이 녀석아.

산적2 한 마디 물어 보겠는데 당신은 의탁할 만한 것이라도 있소?

발렌타인 내 운명밖에는 없소.

산적3 그럼 얘기하리다. 우리 패거리 중에도 신사들이 있소. 젊은 혈기를 가누지 못해 실수하여 콧대 높은 명사들 측에서 뛰쳐 나온 사람도 있구……나 자신도 베로나에서 공작의 근친이 되는 부잣집 상속녀를 훔쳐 내려다가 추방을 당했소.

산적2 난 맨투어에서 쫓겨났소. 울화통이 터져서 신사 한 놈의 심장을 칼로 콱 찔러 줬지.

산적1 나도 그와 비슷한 변변찮은 큰 죄로 이 꼴이 됐지……하지만 요컨대 우리가 우리 죄를 주워대는 건 우리의 무법한 생활을 변명하려는 뜻이기도 하지만 또 하나는 당신의 풍채가 좋고, 또 당신의 말을 듣건대 여러 나라 말을 안다니, 우리 같은 일당에게 꼭 필요한 요건을──완벽하게 갖추고 있다 이 말씀이야──

산적2 당신도 추방당한 사람이라니까 탁 까놓고 말인데, 우리 두목이 돼 줄 수 없겠소? 지금의 처지를 전화위복으로 삼기 위해서도 우리와 힘껏 이 숲속에서 살아 보지 않겠소?

산적3 자, 대답하시오. 우리 일당이 돼 주지 않겠소? 그렇게 하겠다고 대답해 주면 우리 두목이 된 거요. 우린 기꺼이 당신의 부하가 되어 명령에 복종하고, 당신을 우리의 지도자로, 왕으로 모시겠소.

산적1 우리가 이렇게 머리를 숙이고 간청하는데도 들어 주지 않으면 살려 두지 않겠다.

산적2 우리가 간청했다고 허풍이나 떨라고 살려 둘 순 없다 이 말이오.

　　발렌타인　당신들의 청을 받아들여 여기서 함께 살겠소. 그렇지만 연약한 아녀자나 가난한 나그네에게는 난폭한 짓을 하지 않겠다는 약속을 해주오.

　　산적3　우리도 그런 비열한 짓은 질색이오……자, 같이 갑시다. 우리 패들이 있는 곳에 가서 우리가 갖고 있는 보화를 모두 보여 드리겠소. 그 보화도 우리들 자신도 모든 걸 당신 처분에 맡기겠소. (모두 숲으로 퇴장한다)

제 2 장   밀라노. 공작의 궁전 뒤의 담

담에는 뒷문이 있다. 안쪽에는 이 담과 높은 탑 사이에 긴 정원이 있다. 바깥쪽은 덤불숲이 우거진 좁은 오솔길이 있다. 달밤. 프로튜스, 뒷문을 열고 정원으로 들어선다.

프로튜스   난 이미 발렌타인을 배신했다. 이젠 수리오에게 불의를 저질러야 한다. 그자를 칭찬하는 척하면서 실은 내 사랑을 얻으려는 작심이니 말이다……그러나 실비어는 너무나 아름답고 진실하고 청초해서 내가 보내는 하잘것없는 선물로는 도저히 매수될 것 같지 않아. 내가 진정한 사랑을 바란다고 맹세를 하면 그 여자는 친구를 배반한 자라고 날 비웃을 거다. 내가 그 여자의 미모를 예찬하며 맹세를 하면 그 여자는 내가 사랑하던 줄리어와의 언약을 지키지 않은 걸 생각해 보라고 닦달할 것이다. 그 여자의 날카로운 조소는 가장 가벼운 것이라도 사랑하는 사람의 소망을 깨기에 충분하다만……내 사랑은 스패니얼(개)처럼 채이면 채일수록 그 여자에게 매달리게 된다.

   수리오와 악사들 오솔길로 온다.

수리오가 온다. 이제 그 여자의 창문 밑으로 가서 소야곡을 들려 주어야겠지.
   수리오   (정원으로 들어선다) 프로튜스 경, 우리보다 앞서 살그머니 들어오셨군요.

프로튜스 그렇소, 수리오 경. 사랑은 가서는 안 될 곳이라도 남의 눈을 피해 찾아가니까요.

수리오 설마 당신이 여기서 사랑을 하는 건 아니겠지?

프로튜스 수리오 경, 난 사랑을 하고 있소. 그렇지 않으면 왜 이런 곳에 와 있겠소.

수리오 누구를? 실비어 말이오?

프로튜스 그렇소, 실비어지요——당신을 위해서.

수리오 당신을 위해서라, 고맙구려……자 악사 여러분, 신나게 음악을 연주합시다.

악사들은 작은 탑이 있는 발코니 밑에 서 있다. 늙은 여관 주인과 소년으로 변장한 줄리어 오솔길에서 나타난다.

여관 주인 젊은 손님, 우울하신 것 같군요. 왜 그러시죠?

줄리어 그래요, 좀 기분이 좋지 않아요.

여관 주인 그러시다면 기분좋게 해드리죠. 뽕도 따고 님도 보게스리 음악도 듣고 손님이 찾는 그분도 만날 수 있는 곳에 안내하죠. (두 사람 뒷문 쪽으로 다가간다)

줄리어 그분의 말소리도 들을 수 있을까요?

여관 주인 암, 듣다마다.

줄리어 그분의 음성이 제겐 음악이랍니다. (악사들 음악을 연주한다)

여관 주인 자, 들어 보세요! 들어 보세요!

줄리어 그분이 저 속에 있나요?

여관 주인 그래요, 자, 조용히 하고 음악을 들어 봅시다.

노래

실비어 아가씨는 누구일까?
젊은이들의 가슴을 불타게 하는
그녀는 성스럽고 아름답고 현명해.
하늘의 은총을 받았는가
찬미는 그치지 않네.

실비어 아가씨는 아름답듯이 상냥하던가?
아름다움은 상냥함을 동반한다오.
사랑의 신 큐피드도 그대의 눈을 찾아
감은 눈이 뜨여지고
도움받아 그곳에 살지요.

다 같이 실비어를 찬미해요.
실비어는 뛰어난 미인이어라
천한 이 땅의 인간은
따를 수 없는 그대
그대에게 마음의 꽃다발을 드리리.

여관 주인 손님네! 아까보다 더 우울한 것 같은데 어찌
된 일이오? 음악이 마음이 안 드시나 보죠?
줄리어 아닙니다, 악사가 마음에 안 드는군요.
여관 주인 젊은 양반, 왜죠?
줄리어 음악에 거짓이 있어요, 아저씨.

여관 주인 어째서요? 줄을 잘못 짚어 가락이라도 틀렸나요?

줄리어 그런 게 아니라, 곡조에 거짓이 있어서 내 마음의 줄을 아프게 하는군요.

여관 주인 귀가 몹시 밝으시군요.

줄리어 네, 차라리 귀머거리가 되었으면 좋겠어요……저런 음악을 들으면 마음이 무거워지니까요.

여관 주인 원래 음악을 좋아하지 않는가 보군요.

줄리어 저렇게 곡조가 엉망인 음악은 딱 질색이랍니다. (이때 곡조가 갑자기 바뀐다)

여관 주인 들어 보시라구요, 음악이 생판 달라졌는데요!

줄리어 네, 그 달라진 게 더욱 싫단 말입니다.

여관 주인 그래, 항상 같은 곡조만 좋아하시는군요.

줄리어 네 그래요. 한 곡조만을 타줬으면 해요……그건 그렇고 여관 주인 아저씨, 우리가 얘기한 프로튜스 씨는 이곳 아가씨 곁에 종종 드나드시나요?

여관 주인 그 집 하인 라안스가 그러는데 ──그 양반은 그 아가씨에게 홀딱 반했대요.

줄리어 라안스는 어디 있지요?

여관 주인 개를 찾으러 갔습니다요. 그 개를 주인의 분부로 내일 그 아가씨에게 진상한다지 뭐예요.

줄리어 쉬, 숨으세요. 그 사람들 벌써 돌아가나 봐요. (그들 덤불 뒤에서 웅크리고 있다)

프로튜스 (뒷문에서) 수리오 경, 걱정 마시오. 내 수단이 대단하다고 말하게 될 테니. 내가 잘 설득하리다.

수리오 우리는 어디서 만나죠?

프로튜스 성 그레고리의 샘이오.

수리오 안녕히 가세요. (수리오와 악사들 오솔길로 내려간다)

작은 탑의 창문이 열린다. 실비어가 발코니에 나타난다.

프로튜스 아가씨, 안녕하십니까?

실비어 음악을 들려 주셔서 고맙습니다, 여러분. 말씀하시는 분이 누구시지요?

프로튜스 아가씨께서 이 사람의 순박한 정성을 알아 주신다면 목소리만 들으셔도 아실 겁니다.

실비어 프로튜스 님이시죠?

프로튜스 네, 그렇습니다. 아가씨의 충복 프로튜스입니다.

실비어 무슨 용건이시죠?

프로튜스 아가씨의 뜻을 받들려구요.

실비어 제 뜻이오? 제 뜻은 바로 이겁니다──곧바로 집에 돌아가서 잠이나 주무세요……이 교활하고 언약을 지키지 않는 신의 없는 위선자! 당신은 내가 천박하고 투미한 여자인 줄 아시나 보죠. 거짓 맹세로 많은 여자들을 속인 입에 침바른 간사한 말에 휘말릴 줄 아시나요? 당장 돌아가서 당신 애인에게 사과하세요. 나는──이 창백한 밤의 여왕, 달님을 두고 맹세하죠! 결코 당신의 소원을 들어 줄 순 없어요. 당신의 그 불량한 구혼을 경멸해요. 뿐만 아니라 당신하고 이렇게 얘기를 나누는 것만으로도 내 양심에 가책을 받을 지경이에요.

프로튜스 아가씨, 제가 한 여자를 사랑했다는 건 사실입니다——그러나 그 여자는 이미 죽었습니다.

줄리어 (방백) 내가 입만 열면 거짓말이 탄로날걸. 그 여자가 땅에 묻혀 있지 않은 게 확실한데.

실비어 그 여자가 가령 죽었다고 해도 당신의 친구 발렌타인은 살아 있잖아요. 그분과——제가 약혼했다는 건——당신이야말로 잘 알잖아요? 그런데도 이렇게 지분대요? 친구에게 부끄럽지 않아요?

프로튜스 발렌타인도 죽었다던데요.

실비어 그렇다면 저 역시 죽은 거나 다름없어요. 그분 무덤 속에 저의 사랑도 묻힐 것이니 말예요.

프로튜스 그럼 제가 땅속에서 아가씨의 사랑을 파내지요.

실비어 당신의 애인 무덤에 가서 그 여자의 사랑이나 파내세요. 그렇잖으면 그 여자의 무덤 속에 당신 사랑을 파묻어 버리세요.

줄리어 (방백) 저 사람은 그 말은 귀에 들리지 않는 척하고 있어.

프로튜스 아가씨……마음이 그토록 매정하시다면……이렇게 사모하는 저를 위해서 아가씨 방에 걸려 있는 초상화라도 주십시오. 그럼 그 초상화를 보고 말을 걸며 한숨을 짓고 눈물을 흘릴 겁니다. 아가씨의 실체가 모두 다른 사람에게 비쳐져 있으니 전 그림자에 불과합니다. 그러니 당신의 그림자에나마——저의 진정한 사랑을 바치겠습니다.

줄리어 (방백) 그것이 실체라면 당신은 반드시 간살맞게 속일 거야. 그리고 나처럼 그림자로 만들어 버릴 게 뻔해.

실비어 당신의 우상이 되긴 정말 싫지만 위선의 화신인 당신은 그림자를 숭배하고 위선의 모습을 찬미하면 제격이에요. 내일 아침에 사람을 보내 주시면 전해 드리겠어요. 자, 그럼 안녕히 주무세요. (그녀 창문을 닫는다)

프로튜스 다음날 아침의 사형집행을 기다리는 죄인처럼 하룻밤을 지샐 것입니다. (프로튜스 뒷문을 닫고 오솔길을 내려간다)

줄리어 가실까요, 주인님?

여관 주인 어이구, 깜빡 잠이 들었구먼.

줄리어 프로튜스 씨는 어디에 묵으시죠?

여관 주인 그야 우리 집이죠……벌써 동이 트는 모양이군.

줄리어 그렇진 않아요. 그러나 이렇게 지루한 밤도 처음이고, 이렇게 괴로운 밤도 처음이에요. (모두 퇴장)

제 3 장   앞의 장과 같음

에글러무어 오솔길을 내려와서 뒷문 앞에 선다.

에글러무어 실비어 아가씨께서 와 달라고 간청을 한 시간이 됐군. 중대한 일이 있으신 모양이지……(올려다보며) 아가씨, 아가씨!

창문을 열며 실비어 또다시 모습을 드러낸다.

실비어 누구시죠?
에글러무어 아가씨의 하인이자 친구입니다. 아가씨의 분부받고 왔습니다.
실비어 에글러무어 씨예요? 안녕히 주무셨어요? 백 번이고 천 번이고 인사드립니다.
에글러무어 아가씨께서도 안녕히 주무셨구요? 똑같이 인사올립니다……아가씨의 분부를 받고 이렇게 아침 일찍 왔습니다만, 무슨 일인지 말씀해 주십시오.
실비어 오 에글러무어 씨, 당신은 신사이셔요 ——제가 아첨하는 게 아니에요. 전 절대로 아첨할 줄 모르니까요 ——당신은 용감하고 총명하고 인자하고 교양 있는 분이셔요. 당신께선 추방당한 발렌타인에게 제가 얼마나 깊은 애정을 품고 있는지 잘 아실 거구요……그리고 또 제 아버님께서 제가 한사코 싫어하는 저 미련한 수리오와 짝지어 주시려는 것도 아실 거구요……당신께서도 사랑을 해보신 일이 있으시다죠? 당신이 진정으로 사랑하시던 부인이 돌아가셨을 때 가슴을 저미는 슬픔보다 더 큰 슬픔은 없다고 하시며 부인 무덤 위에서 한평생 독신으로 살겠다고 맹세하셨다죠? ……에글러무어 씨……저는 발렌타인 님이 계시다는 맨투어에 가고 싶어요. 가는 길이 위험하다니까 당신의 신의와 명예를 신뢰하여 동행해 주셨으면 합니다……에글러무어 씨, 아버지가 격분하신다는 말은 행여 입밖에 내지 마세요. 저의 슬픔——한 여자의 애절한 슬픔을 생각해 주세요 ——하늘도 운명도 저주로써 벌할 것 같은 부정하고 불순한 결혼을 피하기 위해서 도피하는 것을 올바른 일이라 생각해 주세요……해변의 모래처럼 수많은 슬픔이 가득 찬 심정으로 애원합니다. 부디 저를 같이 떠나도록 해서 데려가 주세요. 만약 싫으시다면 제가 한 말을 비밀로 해주세요. 그러면 저 혼자서라도 떠나겠어요.

에글러무어 아가씨의 슬픔을 어찌 모르겠습니까. 모두가 정절을 지키시려는 때문이 아니겠습니까. 기꺼이 아가씨를 모시고 가겠습니다. 제게 어떠한 재앙이 닥쳐와도 조금도 괘념치 않겠으며, 오직 아가씨에게 행운이 찾아오기를 빌 따름입니다……언제 떠나시겠습니까?

실비어 오늘밤.

에글러무어 어디서 만나 뵐까요?

실비어 패트릭 수도사의 암자에서요. 거기서 고해성사를 할 작정이에요.

에글러무어 틀림없이 거기서 만나 뵙겠습니다. 안녕히 계십시오, 아가씨. (그는 오솔길로 되돌아간다)

실비어 안녕히 가세요. 고마워요, 에글러무어 씨. (그녀 창문을 닫는다)

6, 7시간이 경과한다.

제 4 장   앞의 장과 같음

라안스가 개를 데리고 뒷문에 등장하여 덤불 밑에 몸을 내던지며 신음
처럼 말한다.

라안스 (개에게) 글쎄 여러분, 사람의 종이 집에서 기르
는 개에게 오도방정을 떨다니 ——이게 ——말이 됩니까.
요놈은 강아지 때부터 내가 길렀단 말씀이에요. 이놈의 형제
가 서너 마리 있었는데 모두 물에 빠져 죽었지 뭡니까. 그
중에서 이 한 놈만 내가 구해냈죠. 내가 늘 이놈을 가르쳐
왔어요 ——누구나 "개는 이렇게 가르치는 거다."라고 할
만큼 제대로 가르쳤답니다. 그런데 주인님 분부로 이놈을 실
비어 아가씨께 선물로 갖다 바쳤지요. 그런데 말입니다, 내
가 식당에 들어서자 글쎄, 요놈이 아가씨의 식탁에 깡충 뛰
어올라가서 닭다리 하나를 훔쳤지 뭡니까……그러니 얼마
나 괘씸합니까. 여러 사람이 있는 데서 염치없는 짓을 하다
니 말이죠 ——사람들 말마따나 ——나도 이놈이 개면 모
든 일에 개답게 제대로 처신해 줬으면 좋겠어요……내가 이
놈보다 좀더 지혜가 있어서 이놈의 잘못을 뒤집어썼길래 망
정이지 그렇잖았더라면 요놈의 모가지는 성치 않았을 거예
요. 틀림없이 당했을 거예요. 짐작하시겠죠……이놈이 공작
님의 탁자 밑에 있는 수더분한 개 서너 마리에 끼여들었단
말예요. 그런데 ——맙소사 ——겨우 쉬이 한번 갈길 틈이
나 있었을까 온 방에 지린내가 진동하지 않겠어요……한 사

람이 "그놈을 쫓아내라!" 하고 쏘아붙이자 ──다음 사람이 "무슨 놈의 개새끼냐!"고 야단이고 "두들겨 패!" 하고 세번째 사람이 내뱉으니 공작님께선 ── "목을 졸라매!" 하고 소리를 지르시지 뭡니까⋯⋯난 전부터 그 냄새에 젖어 있어서 크랩의 짓인 걸 금방 알아차렸죠. 그래서 채찍을 든 사람에게로 다가가서 "여보, 개를 때리려는 거요?" 하고 물었더니, "암, 때려 줘야지." 하더군요. "안 됩니다, 개가 불쌍해요. 그 일은 내가 저지른 겁니다."라고 했더니 더 이상 소동을 피우지 않고 내게 채찍질을 하면서 방에서 내쫓더군요⋯⋯자기가 부리는 종놈에게 이렇게 해주는 주인이 몇이나 됩니까? 어디 그뿐인가요, 난 이놈이 푸딩을 훔친 덕분에 족쇄를 찬 일도 있죠. 모른 척했으면 요놈은 필시 개죽음을 면치 못했을 거예요. 또 요놈이 거위새끼를 물어 죽인 탓에 난 목에 칼을 채인 일도 있다구요. 가만히 있었더라면 요놈은 작살났을 거예요⋯⋯요놈아, 네가 지금은 내 은혜를 고스란히 잊어버렸겠지⋯⋯내가 실비어 아가씨와 작별할 때 네가 한 짓궂은 장난을 잊지 않고 있다. 언제나 네게 날 본뜨라고 이르지 않았더냐 말이다. 내가 언제 한쪽 다리를 쳐들고 귀하신 아가씨 치맛자락에다가 오줌을 갈기는 걸 본 일이 있느냐? 내가 그런 장난을 치는 걸 본 적이 있느냐 말이다.

프로튜스와 소년으로 가장한 줄리어 등장.

프로튜스 이름이 세바스찬이라고 했겠다? 네가 마음에 들었다. 고용할 것이니 곧 어떤 일을 거들어 줘야겠다.

줄리어 뭐든지 좋습니다. 무슨 일이든 하명하시면 성의 껏 받들겠습니다.

프로튜스 그렇게 해다오……(그는 라안스를 엿본다) 야 이놈, 팔삭둥이야! 이틀 동안이나 어디를 쏘다녔느냐?

라안스 주인님이 분부하신 대로 개를 실비어 아가씨께 갖다드리려고 갔다던뎁쇼.

프로튜스 응, 내 작은 보물을 보고 뭐라고 하시던가?

라안스 주인님의 개는 똥개니까 그런 선물에 대한 인사 는 개똥같이 고맙다고 그러면 된다던데요.

프로튜스 어쨌든 내 개는 받으신 거지?

라안스 아뇨, 받으시지 않았습죠. 그래서 도로 데리고 온 걸요.

프로튜스 뭐! 내가 보낸 거라고 말씀드렸느냐?

라안스 그게요, 도련님의 다람쥐만한 작은 개가 장터에 서 교수형 집행인들한테 도둑맞았습니다요. 그래서 그 대신 제 개를 아가씨에게 갖다드렸습죠. 제 개는 도련님 개보다 열 배나 더 크니까 선물로선 그만이라구 생각했습죠.

프로튜스 이놈아, 냉큼 가서 내 개를 찾아와. 찾아오지 못하면 두 번 다시 내 눈 앞에 코빼기도 보이지 마……썩 물 러가래두……여기서 어물쩡, 내 부앗줄을 퉁길 작정이냐? 이 스라소니야. 번번이 날 망신시킨단 말야……(라안스 퇴 장. 그의 뒤를 크랩이 따른다) 세바스찬, 내가 널 쓰게 된 이 유의 하나는 내 일을 영리하게 처리해 줄 젊은이가 꼭 필요 해서야……저 미욱한 무지렁이를 믿을 수가 있어야지…… 그러나 실은 네 용모나 몸가짐이 내 보는 바 양가에서 자란 것 같고, 신분도 좋고, 성실한 데가 있어 보여서지. 그러니 그렇게 알고 내 말을 잘 들어라……지금 곧 이 반지를 가지고 가서 실비어 아가씨에게 전해 줘야겠다……내게 이 반지를 준 여자는 날 무척 사랑했지.

줄리어 주인님께서는 그 여자를 사랑하지 않으셨나 보군요. 사랑의 정표를 다른 사람에게 주시니……(반지를 받으며) 그분은 아마 돌아가셨나 보죠?

프로튜스 아냐……살아 있을 거야.

줄리어 가엾어라!

프로튜스 "가엾어라!"라니?

줄리어 그 여자가 불쌍해서 그래요.

프로튜스 왜 그 여자를 불쌍하게 여기지?

줄리어 주인님이 실비어 아가씨를 사랑했을 테니까요……그 여자는 자기의 사랑을 잊어버린 사나이를 그리워하고 ──주인님께서는 주인님의 사랑을 개떡같이 여기는 여자한테 넋을 잃으셨으니……이렇게 사랑이 서로 어긋나서야 어찌 가련하지 않겠습니까? 그렇게 생각하니 저도 모르게 "가엾어라!" 하고 소리를 질렀나 봅니다.

프로튜스 그랬군……자, 이 반지를 아가씨에게 전해라. 참, 이 편지도……(편지를 가리킨다) 저기가 아가씨 방이다……약속대로 아가씨의 천사와 같은 초상화를 주십사고 하더라고 전해라. 심부름이 끝나는 길로 곧 내 방으로 오너라. 방에 혼자서──쓸쓸히 있을 터이니. (퇴장)

줄리어 이런 심부름을 할 여자들이 누가 있담? 아, 불쌍한 프로튜스, 당신은 양을 지키라고 여우를 고용한 셈. 그래,

난 바보야, 날 혐오하는 사람을 동정하다니! 그이는 그녀를 사랑하기 때문에 날 경멸하는 거야——난 그이를 사랑하기 때문에 그이를 동정하는 거고……이 반지는 그이와 작별할 때 잊지 말라고 내가 준 반지인데. 그런데 지금 난——불행한 심부름꾼이 되어 있고!——내가 가지고 싶지도 않은 것을 얻으러 가고, 내가 주고 싶지도 않은 물건을 전하러 가고, 욕지거리를 퍼붓고 싶은 그이를 성실한 사람이라고 칭찬해 줘야 하다니……난 그이의 성실한 연인이 될 수 있을망정 성실한 심부름꾼은 될 수 없어. 나 자신에게 배신자가 된다면 모르지만……어쨌든 난 그이를 위해 그 여자에게 간청해 보겠어. 그러나 아주 냉정하게 해야지. 하느님도 아시겠지만 정말 이 일을 성공시키고 싶지 않은걸……

실비어가 하녀를 데리고 뒷문으로 나타난다.

아가씨, 안녕하세요. 실비어 아가씨에게 여쭐 말씀이 있는데 어디로 가면 뵐 수 있습니까?

실비어   내가 만일 본인이면 무슨 용건이지요?

줄리어   본인이라면 제가 심부름 온 용건을 말씀드릴 테니 좀 들어 주시겠습니까?

실비어   누구 심부름이지요?

줄리어   제 주인님 프로튜스 님한테서 왔습니다, 아가씨.

실비어   오……초상화 때문에 온 거로군?

줄리어   예, 그렇습니다.

실비어   (큰 소리로) 어슐러, 내 초상화를 갖고 온. (하녀가 초상화를 가지고 온다) 자, 이걸 주인께 갖다 드려요. 내가 이렇게 말하더라고 전하구. 그분의 변덕스러운 마음 때문에 잊어버린 줄리어라는 애인이 이 초상화보다 그분 마음에는 더 어울릴 거예요.

줄리어 아가씨, 이 편지를 읽어 주십시오……아차, 죄송합니다, 드려서 안 될 편지를 드렸군요……(부산하게 편지를 빼앗고 다른 편지를 준다) 이게 아가씨께 전할 편지입니다.

실비어 아까 그 편지를 다시 보여 줘요.

줄리어 그럴 순 없습니다, 아가씨, 죄송합니다.

실비어 정 그렇다면……(그녀 편지를 찢고 다시 돌려 준다) 당신 주인의 편지는 읽지 않겠어요. 아마 와자한 사랑의 호소와 새로 꾸민 맹세로 가득 차 있겠지. 그분이 그것을 깨뜨리기란 내가 이 편지를 찢어 버리듯이 쉬운 일일 테죠.

줄리어 아가씨, 주인님께서 아가씨께 이 반지를 전하라고 하셨습니다.

실비어 아니, 반지를 내게 보내다니, 정말 철면피야. 그 반지는 줄리어가 작별할 때 정표로 자기에게 줬다고 귀에 혹이 나도록 들었어. 비록 그분의 위선에 가득 찬 손가락이 그 반지를 더럽혔지만 나의 손가락은 줄리어의 마음에 상처를 줄 순 없어요.

줄리어 줄리어가 아가씨께 감사드립니다.

실비어 뭐라고 그랬어요?

줄리어 아가씨께서 줄리어를 생각해 주시니 정말 감사합니다. 그 여자는 불행해요! 우리 주인은 그 여자를 너무나 홀대했어요.

실비어 그 여자를 아나요?

줄리어 제 자신을 알 듯 잘 압니다……그 여자의 슬픔을 생각하니 몇백 번이고 피눈물이 납니다.

실비어 아마 그 여자는 프로튜스한테 채인 걸로 알겠죠?

줄리어 그런가 봅니다, 그래서 퍽 서러운 모양입니다.

실비어 아주 예쁜 분인가요?

줄리어 지금보다는 훨씬 예쁜 분이셨죠. 우리 주인한테 사랑받는다고 생각했을 땐 아가씨만큼이나 예뻤답니다…… 그렇지만 지금은 거울조차 멀리하고 햇빛 가리개도 집어치웠답니다. 장밋빛 뺨도 찬 바람에 바래고 얼굴의 백합꽃도 시들어서 제 얼굴처럼 깜둥이가 되고 말았답니다.

실비어 키는 얼마나 돼요?

줄리어 제 키만 합니다. 성령강림절에 여러 가지 즐거운 놀이를 했을 때 친구들이 제게 여자역을 하라고 권유했습니다. 그래서 전 줄리어 아가씨의 가운을 빌려 입었는데 제 몸에 꼭 맞지 않았겠어요. 그걸 본 사람들이 마치 맞춘 옷 같다고들 하더군요. 그러니까 그분의 키가 제 키 정도인 줄 알았지요. 저는 그때 그 여자를 몹시 울렸어요. 제가 슬픈 역을 맡아 했거든요……디슈스 왕이 맹세를 어기고 아리아드니 공주를 버리고 도주했기 때문에 공주가 슬퍼하는 줄거리였죠. 눈물을 흘려가면서 그 역을 아주 실감나게 했어요…… 그랬더니 줄리어 아가씬 그만 감동해서 눈물을 흠뻑 흘리셨답니다……제가 진심으로 아가씨의 슬픔을 같이 느끼지 못한다면 전 차라리 죽어 마땅하죠.

실비어 줄리어는 당신에게 감사할 거예요. 아아, 불쌍도 하지! 가엾게도 버림을 받다니. 당신 말을 들으니 나도 눈시

울이 뜨거워져요……이봐요, 젊은이, 얼마 안 되지만 자, 받아요. 이 지갑은 그 양순한 아가씨를 위해서 주는 거예요. 당신은 그 여인을 사랑하고 있군요. 그럼 잘 가요.

줄리어 줄리어도 아가씨를 알게 된다면 감사할 것입니다……(실비어 퇴장) 덕이 있고, 온순하고, 아름다운 아가씨야……그러니 우리 주인님이 구혼을 해도 냉대받을 수밖에. 아가씨께서 나의 주인의 전 애인을 대단히 귀중하게 여기시는 걸 보니 말야……아아 사랑이란 왜 이리도 미련한 짓을 하지. 이것이 그 여자의 초상화지……(그녀 앉는다) 어디 보자. 나도 이렇게 머리 장식을 하면 그 여자만큼은 예쁠 거야. 그런데 화가가 실물보다 더 잘 그려준 것 같군. 내가 나를 너무 자부하는 건 아니지만……이 여자 머리카락은 담황색인데, 내 머리카락은 순황색이지. 만약 프로튜스의 사랑이 이 차이 때문에 변했다면 나도 이런 빛깔 있는 가발을 써야지. 이 여자의 눈은 유리처럼 푸르고 내 눈도 그런데 뭐. 이 여자의 이마는 좁고 내 이마는 넓어. 그런데 어째서 그이는 이 여자의 어디가 좋아서 죽자사자하는 걸까? 난들 어디가 어때서? 정말 어리석은 사랑의 신은 눈이 멀었나 봐. (그녀 일어선다) 자아, 그림자인 내가 그림자인 너를 들고 가는 거다. 넌 내 연적이지. 아아, 아무 감각도 없는 이 그림이 존경받고, 키스를 받고, 사랑을 받고, 그리고 찬미를 받을 건가. 그러나 만약 프로튜스 님의 우상 숭배에 분별이 있다면 이것 대신 내 실체가 우상이 될 거야……난 실비어 아가씨를 위해서 이 그림이나마 소중히 다루어야지. 아가씨가 내게 친절히 해주었으니까 말이야……그렇지 않았더라면 조브 신의 이름으로 보지도 못하는 너의 눈을 쥐어뜯었을 거야. 우리 주인이 사랑에 정나미가 떨어지게 하기 위해서지만. (그녀 초상화를 들고 간다)

제 5 막

●

이것이 당신이 맹세한 표적이자,
그 맹세를 가슴속 깊이 간직했던 여자를
보세요……당신은 몇 번씩이나 그 맹세를 깨뜨려
이 가슴을 저미게 했어요! 아 프로튜스 님,
이 옷을 보고 얼굴빛이라도 붉히세요.
—4장 줄리어의 대사 중에서

제 1 장   밀라노 부근의 수도원. 저녁

에글러무어가 망토를 입고 박차가 달린 장화를 신고 실비어를 기다리고 있다.

에글러무어   태양이 서녘 하늘을 금빛으로 물들이기 시작했다. 지금이 바로 실비어 아가씨가 패트릭 수도사의 암자에서 나와 만나겠다고 약속한 시간이지. 틀림없을 거다, 연인은 약속시간보다 먼저 왔으면 왔지 시간을 어기지 않으니까 ——그만큼 마음이 서두른단 말이야……

실비어 황황히 등장.

아, 저기 오신다……아가씨, 안녕하십니까!
   실비어   아멘, 아멘……어서 가요. 에글러무어 씨, 수도원 담을 지나면 뒷문이 있어요. 누가 날 뒤따르는지도 모르니까요.
   에글러무어   염려 놓으십시오. 숲까지는 여기서 3리그(역자주 : 약 14킬로미터)밖에 안 되니까요. 그곳에만 도달하면 안심입니다. (두 사람 수도원으로 퇴장)

제 2 장 밀라노. 공작의 궁전의 한 방

수리오, 프로튜스, 세바스찬으로 분한 줄리어 등장.

수리오 프로튜스 경, 실비어 아가씨는 내 소청을 듣고 뭐라고 하셨소?

프로튜스 전보다는 온순하게 대하시더군요. 그래도 당신 체구의 결점을 꼬집어내시지 뭡니까.

수리오 뭐라고?——내 다리가 너무 길다고 하시던가요?

프로튜스 아뇨, 너무 가늘다는 거죠.

수리오 젠장, 장화를 신어서 굵게 보여야겠군.

줄리어 (방백) 애정이란 아무리 박차를 가해도 싫어하는 곳으로는 달리지 않는 법.

수리오 내 얼굴에 대해서는 뭐라고 하오?

프로튜스 희여미끈하게 잘생겼다고 합디다.

수리오 그 바람둥이가 거짓말을 했군. 내 얼굴은 검지 않은가.

프로튜스 그러나 진주는 예쁘지요. "검은 남자도 미인 눈에는 진주로 보인다"는 속담이 있지 않습니까?

줄리어 (방백) 그래, 여자들의 눈을 보이지 않게 하는 진주지. 왜냐하면 나 같으면 쳐다보지도 않고 차라리 눈을 감아버리고 말겠는걸.

수리오 내 말솜씨는 뭐라고 평하셨소?

프로튜스 전쟁 얘기를 할 때는 싫답니다.

수리오 그럼, 사랑과 평화 얘기를 할 때는 좋다 이 말이군?

줄리어 (방백) 당신이 입을 봉하고 있을 때가 가장 좋다는 거지.

수리오 내 용기에 대해서는?

프로튜스 그야 의심할 여지도 없죠!

줄리어 (방백) 비겁한 줄 알고 있으니 의심할 여지가 없지.

수리오 나의 출생에 대해서는 뭐라고 하셨소?

프로튜스 훌륭한 혈통이랍니다.

줄리어 (방백) 사실이지, 신사의 피를 받은 숙맥이야.

수리오 내가 갖고 있는 것에 대해서는 아시고 계셨소?

프로튜스 오, 동정한다고 하시더군요.

수리오 왜 그렇소?

줄리어 (방백) 이런 머저리가 가지고 있으니 말이지.

프로튜스 다 빚주고 빼먹은 거라구요.

줄리어 공작님이 오십니다.

공작이 황황히 등장.

공작 그래 어떤가, 프로튜스! 수리오 경은 어떻게 지내나! 자네들 요즘 에글러무어를 못 봤나?

수리오 못 봤습니다.

프로튜스 저도 못 봤습니다.

공작 내 딸애는 보았는가?

프로튜스 못 봤습니다.

공작 틀림없다, 딸애는 에글러무어를 대동하고 촌무지렁

이 발렌타인한테 도망친 거야. 꼭 그럴 거다⋯⋯로렌스 수
도사가 고행을 위해 숲속을 헤매고 있을 때 그 둘을 봤다는
거야. 수도사 얘기로는 남자가 바로 에글러무어이고, 여자는
가면을 써서 확실히 분간할 수는 없었지만 짐작에 내 딸애
같았다는 거야⋯⋯더구나 그애는 저녁에 패트릭의 암자에
서 고해성사를 하기로 되어 있었는데 ──그곳에도 안 왔다
는 거야⋯⋯이것저것 미루어 보니 딸애가 도망친 건 분명
해. 그러니 쓸데없는 의논으로 지체할 게 아니라 당장 말을
달려 맨투어로 가는 고갯길까지 와주게. 그들은 맨투어로 도
망갔으니까 속히 출발하라 ──다들! ──내가 먼저 갈 테
니. (급히 떠난다)

수리오   철딱서니 없는 계집이로군, 행운이 뒤따라오는데
줄행랑을 치다니. 실비어의 사랑은 둘째치고라도 따라가서
에글러무어 놈에게 복수를 할 테다. (공작을 뒤쫓는다)

프로튜스   그 여자와 동행한 에글러무어를 증오하기 보다
실비어의 사랑을 얻기 위해 뒤쫓아가야지. (수리오를 뒤쫓는
다)

줄리어   사랑 때문에 도망친 실비어에 대한 미움보다 그
이의 사랑을 방해하기 위해서 나도 뒤쫓아가야지. (프로튜스
를 뒤쫓는다)

제 3 장   맨투어의 변경. 숲속의 큰길

실비어, 산적의 무리들에게 잡혀 있다.

산적1   이봐 이봐, 가만 있어. 널 두목님께 데리고 가야겠다.

실비어   지금까지 수많은 불행을 겪었는데 이것쯤 못 견딜라구.

산적2   자, 끌고 가라.

산적1   여자하고 같이 온 신사는 어디 갔지?

산적3   발이 빨라놔서 놓치고 말았어……모제스와 발레리어스가 그자의 뒤를 쫓고 있다구. 넌 이 여자를 숲의 서쪽 끝으로 데리고 가. 그곳에 두목님이 계시니까. 우리는 달아난 놈을 추격할 테다——숲속에 있는 이상 독 안에 든 쥐지. (산적2와 함께 퇴장)

산적1   자, 우리 두목님이 계신 굴로 가자……겁낼 것 없다. 우리 두목님은 훌륭한 분이시니까, 여자에게 행패를 부리진 않는다.

실비어   오 발렌타인……난 당신을 위해서 모든 걸 참겠어요. (두 사람 퇴장)

제 4 장   숲

그들 숲속으로 들어선다. 발렌타인 큰길을 따라 천천히 걸어온다.

발렌타인   인간이란 습관들기 나름인가 보다! 그늘진 황
지(荒地)와 인적도 드문 이 숲속이 이젠 화려하고 사람이
붐비는 도시보다 더 살가워졌으니 말이지. 여기 홀로 앉아서
사람 눈에 띄지도 않고 나이팅게일의 구슬픈 곡조에 맞춰
내 마음의 고통과 슬픔을 노래할 수 있잖은가……아 내 가
슴속에 깃든 사랑이여, 집이 낡아 허물어져 옛모습을 찾을
수 없는 폐가가 되지 않도록 이 집을 너무 텅 비게 하지 말
아다오. 실비어여, 내 곁으로 와서 이 가슴을 수선해 주오.
상냥한 숲의 요정이여, 외로움에 사무친 연인을 위로해 주오
……

그는 상념에 잠긴다. 고함소리와 티격태격하는 소리가 들려온다.

왜 이리 야단법석이지, 무슨 일이 생겼나? 내 부하들인 모양
이다. 그자들은 저들 마음먹은 대로 법을 삼고 불행한 나그
네를 쫓는단 말야. 날 꽤 존경하지만 그자들의 만행을 누르
기에 여간 힘이 들지 않아. 숨어라, 너 발렌타인, 누가 오는
거지? (발렌타인 퇴장)

실비어 어수선한 옷차림으로 숲에서 나온다. 프로튜스와 세바스찬
으로 분한 줄리어가 뒤따르고 있다.

프로튜스 아가씨, 아가씨는 아가씨의 충복이 한 일을 고마워하시지 않지만 ──전 아가씨를 위해 봉사를 했습니다. 아가씨의 명예와 사랑을 짓밟으려는 자로부터 목숨을 걸고 아가씨를 구하기 위해서 말입니다. 그러니 그 보상으로 한번만이라도 좋으니 제게 부드러운 눈길을 보내 주십시오. 그 이상은 조금도 바라지 않습니다. 아가씨께서도 그 정도야 마다하지 않으시겠죠.

발렌타인 (방백) 아, 꿈인가 생시인가! 눈에 보이고 ──귀에 들린다마는……사랑이여, 저에게 잠시 참는 힘을 주십시오.

실비어 아, 비참하고 불행한 내 신세!

프로튜스 제가 여기 오기 전엔 아가씨께서는 불행했습니다. 그러나 지금은 제가 왔으니 행복하신 게 아닙니까?

실비어 당신이 왔기 때문에 저는 더 크게 불행해졌어요.

줄리어 (방백) 나도, 저이가 아가씨 앞에 나타나면.

실비어 난 허위에 찬 프로튜스에게 구원받으니보다는 차라리 굶주린 사자에게 잡혀 그 짐승의 밥이 되는 편이 나을 거야. 아, 내가 발렌타인을 얼마나 사랑하는지 하늘이여 살펴주소서. 그분의 생명은 나의 영혼만큼이나 소중하답니다 ──또 그에 못지않게 (즉 그 이상은 있을 수 없는!) 이 세상에서 가장 부도덕한 위선자 프로튜스를 미워해요……그러니 어서 가버려요, 더 이상 지분대지 말구.

프로튜스 오직 단 한번만이라도 아가씨의 부드러운 눈길을 받기 위해 죽음에 못지않는 어떤 위험한 일인들 서슴지 않고 해낼 겁니다. 여자가 자기에게 사랑을 바치는 사람을

사랑하지 못한다면 아, 이것은 끊임없이 되풀이되는 사랑의
저주요.

실비어 당신이야말로 당신에게 사랑을 바치는 여자를 사
랑하지 못하면서 뭘 그래요⋯⋯줄리어의 심정을 생각해 보
세요──당신의 최초의 그리고 최상인 애인의 마음을 읽어
보세요──당신은 그 여자에게 천번 만번 맹세했잖아요.
그런데 당신은 절 사랑한다고 그 맹세를──갈기갈기 찢어
서 그 모든 맹세를 거짓으로 만들고 말았어요. 이제 당신에
게는 진심이 하나도 없어요. 둘이 있었다면 몰라도. 하긴 둘
은 하나도 없는 것보다 훨씬 더 나쁘죠. 그래요, 하나가 더
많은 것이긴 하지만 진심을 두 개 갖느니 차라리 하나도 없
는 편이 낫죠⋯⋯당신은 당신의 진정한 친구를 배반한 위선
자예요!

프로튜스 사랑에 빠진 자에게 친구가 어디 있습니까?

실비어 당신은 그래도 딴사람은 안 그래요.

프로튜스 그래요, 점잖은 말로 사랑을 간절히 애걸해도
부드럽게 대해 주시지 않는군요⋯⋯정 그렇다면 할 수 없
죠. 기사답게 칼끝으로 구혼할 수밖에요. 사랑의 본성에는
어긋나지만 할 수 없죠⋯⋯폭력을 써서요.

실비어 아, 하늘이여!

프로튜스 (그녀를 붙잡으며) 폭력을 써서라도 내 욕망을
채울 테다.

발렌타인 악당아! (뛰어나와 달려들며) 그 방자하고 난폭
한 손을 떼. 그래도 네가 친구냐, 나쁜 놈!

프로튜스 (뒤로 물러서며) 오, 발렌타인!

발렌타인 성실함도 사랑도 저버린 비열한 친구다——
이게 친구란 말이냐? 배신자, 너는 내 희망을 짓밟았다. 내
눈으로 보지 않았던들 믿지 않았을 거다. 이제 내겐 친구 하
나 있다고도 말할 수 없게 됐다. 네가 스스로 내 우정을 배
신하지 않았느냐?……나의 오른손이 내 가슴을 속였는데 이
제 누구를 믿으란 말이냐? 프로튜스, 유감이지만 난 널 다신
믿을 수 없게 됐다. 너 때문에 이 세상까지도 모두 생소한
남과 같이 되어 버렸다. 믿은 자한테 받은 상처는 가장 깊은
거야. 아 참으로 저주스런 세상이다……모든 적들 가운데서
도 친구가 최악의 원수가 될 줄이야!

프로튜스 수치와 죄로 내 가슴은 찢어질 것 같다……용
서해 주게, 발렌타인……나의 진정한 후회가 죄의 대가가
될 수 있다면 그것을 여기 내놓겠네. 나쁜 일을 저지른 것도
사실이지만 난 지금 사실 뼈아프게 후회하고 있네.

발렌타인 그렇다면 됐어. 다시 한 번 자네를 성실한 친구
로 맞이하겠네. 뼈아프게 후회한 것을 용서치 않는 사람은
하늘과 땅의 섭리를 배반하는 것이 되지. 하늘과 땅은 사람
의 회개를 따뜻이 맞아주니 말이다. 참회는 영원한 신의 분
노를 진정시킬 수 있다지…… 그럼 나의 우정이 진실하고
솔직함을 보여 주기 위해 실비어에 대한 나의 사랑을 자네
에게 바치겠네.

줄리어 아, 난 불행도 해라! (기절한다)

프로튜스 이 소년을 봐줘요.

발렌타인 야, 이 녀석! 고개를 쳐들고 말해 봐라. 웬 일이
냐? 왜 그러나? 왜 그러느냐?

줄리어 아, 우리 주인님이 소인에게 실비어 아가씨께 반지를 전하라고 하명하셨어요……그런데 깜박 잊고 전해 드리지 못했어요.

프로튜스 반지는 어디 있느냐, 애야?

줄리어 여기 있어요……이거예요.

프로튜스 으음! 좀 보자……(반지를 받아 보며) 아니, 이건 내가 줄리어에게 준 게 아닌가?

줄리어 아, 죄송합니다, 주인님, 제가 잘못 드렸군요. 이게 실비어 아가씨께 전할 반집니다. (다른 반지를 내준다)

프로튜스 이봐, 어떻게 이 반지를 갖고 있지? 이건 내가 집을 떠날 때 줄리어에게 주었던 거다.

줄리어 줄리어가 제게 주었어요――그리고 줄리어 자신이 이걸 이곳으로 가지고 왔고요. (줄리어가 자신을 드러낸다)

프로튜스 무엇이 어째! 줄리어가!

줄리어 이것이 당신이 맹세한 표적이에요. 또 그 맹세를 가슴속 깊이 간직했던 여자를 보세요……당신은 몇 번씩이나 그 맹세를 깨뜨려 이 가슴을 저미게 했어요! 아 프로튜스님, 이 옷을 보고 얼굴빛이라도 붉히세요……사랑 때문에 변장을 한 것이 수치가 된다면 이렇게 점잖치 못한 옷차림을 했다는 걸 부끄럽게 생각하세요! 하지만 예도(禮道)로 봐서 남자가 변심하는 것에 비하면 여자가 변장한다는 건 그리 흠이 안 돼요.

프로튜스 남자의 변심에 비하면이라고? 그것은 사실이오……아 하늘이여, 남자가 변심하지 않는다면 그 사람은 완전한 인간이오. 하나의 잘못이 여러 가지 과오를 범하게 하고……죄악의 구렁텅이로 빠지게 하오. 변심은 시작하기가 무섭게 흩어져 없어지는 것이오. 만약 내가 한결같은 성실한 눈길로 보았다면 실비어의 어떤 빛깔도 모두 줄리어 얼굴에서 더욱 신선하게 빛났을 게 아닌가?

발렌타인 자, 자, 두 사람 다 손을 내놓으시오. (그는 두 사람의 손을 맞잡는다) 이 기쁜 결합을 마련해 드리는 일은 내가 맡을 것이니. 사랑하는 사람끼리 오래 원수로 반목하는 건 슬픈 일이오.

프로튜스 하느님도 지켜보소서, 이 기쁨을 영원토록 간직하겠나이다.

줄리어 저도요.

산적들, 공작과 수리오를 붙들고 등장.

산적들 큰놈……잡았다……큰놈……큰놈을 잡았어!

발렌타인 가만 있어, 가만들 있으라니까! 내 옛주인이신 공작님이시다……공작님의 총애를 잃고 추방당한 발렌타인이 환영의 인사 올리나이다.

공작 발렌타인인가!

수리오 저기에 실비어가 있군, 실비어는 내 것이다. (실비어 쪽으로 간다)

발렌타인 수리오, 물러가라. 그렇잖으면 목숨을 내놓아야 한다. 내 분노의 언저리에는 얼씬도 마라. 실비어를 네 것이라고 다시 한 번만 더 그래 봐라, 베로나에 발을 붙이고 살 수 없을 것이다……여기 서 계신 여인에게 ── 손만 대봐라……입김이라도 뿜어 봐라, 넌 당장 저승행이다.

수리오 발렌타인 경, 난 아가씨를 상관하지 않겠소. 나는 말이오. 자기를 사랑해 주지도 않는 여자 때문에 스스로를 위험에 몰아넣는 건 머저리가 아니고 뭐겠소? 난 그 여자에게서 손을 떼겠소이다. 그러니 그 여자는 당신의 것입니다.

공작 내 딸애를 손에 넣으려고 온갖 수단을 다 쓰고서도 이렇게 버리다니 당신은 더욱더 변절자요, 비열한 자요…… (수리오로부터 돌아서며) 이제 내 선조의 명예를 걸고 말한다. 발렌타인, 자네의 그 장한 정신은 여왕의 사랑을 받고도 남을 만하이. 난 지난날의 유감스런 일들을 잊어버리고 한을 다 씻고 자네를 다시 불러들여, 그 장한 공적을 높이 사니 새 자리를 기대하게나. 그리고 자네의 가치를 다음과 같이 인정한다. 발렌타인 경, 자네야말로 인품으로 보나 가문으로 보나 훌륭하니, 실비어를 아내로 맞이해 주게. 자네는 그럴 자격이 있는 인물일세.

발렌타인 감사합니다, 공작님. 귀한 선물을 받게 되어 저는 행복해졌습니다. 그런데 ──따님을 위해서라도── 한 가지 소청을 들어 주시기 바랍니다.

공작 그게 뭔지를 알 수 없으나 ──무슨 소청이든지 들어 줄 터이니 ──어서 말해 보게.

발렌타인 제가 같이 지내고 있는 이 사람들은 비록 추방된 몸이기는 하지만 하나같이 훌륭한 자격이 있는 사람들입니다. 부디 이들이 저지른 일들을 용서해 주시고 귀양살이에서 풀어 주기 바랍니다. 그들은 마음도 고치고, 법도를 지키며, 완전히 선량한 백성이 되어 있으며, 큰일을 담당할 만

합니다, 공작 각하.

공작 자네의 간청을 봐서 그들과 자네를 다 용서하겠네. 자네는 그들의 재능을 알고 있을 테니 적당히 처우를 해주게……자, 돌아가자. 그 동안의 모든 어려웠던 일들에 축전과 즐거운 잔치, 그리고 엄숙한 의식을 베풀어 유종의 미를 갖추자.

발렌타인 그럼 가는 도중에 실례가 되는 줄 알지만 공작님을 웃길 만한 얘기를 감히 하겠습니다……공작님, 이 시동을 어떻게 생각하십니까?

공작 그 아이 참으로 예쁘기도 하다──한데 얼굴을 붉히고 있군.

발렌타인 그렇습니다, 공작님. 사내아이치고는 너무 예쁘지요.

공작 그건 무슨 말이지?

발렌타인 걸어가면서 아뢰겠습니다. 그 동안 일어났던 일을 소상히 말씀드리면 놀라실 겁니다. 이보게, 프로튜스, 자네 연애 얘기를 털어놓겠는데 그걸 참고 듣는 것도 속죄하는 길이지……그것이 끝나면 우리의 결혼날이 자네 결혼날도 될 걸세──한집에서 잔치도 같이 하고 행복도 같이 누린다 이 말씀이야. (모두 큰길을 따라 멀리 사라진다)

작품해설

『베로나의 두 신사』는 작품 전체의 길이가 2308행이며 셰익스피어의 극 중에서는 짧은 작품 계열에 든다. 역사극에서 닻을 올린 그가 희극이라는 새로운 장르에 의욕적으로 도전하기 시작한 시기 즉 그의 수업시대에 이 『베로나의 두 신사』는 『사랑의 헛수고』 『실수연발』 『말괄량이 길들이기』 와 거의 같은 시기에 쓰여졌다.

셰익스피어는 『베로나의 두 신사』에서 다양한 문학적 유산을 배경으로 하여 순수한 사랑과 비정한 사랑, 진정한 우정과 허위의 우정을 열쇠고리로 구성시켜 사랑과 우정의 절실한 문제를 서정적으로 그리고 낭만적으로 극화를 시도하여 관객들을 웃음 속으로 끌어들이는 데 성공하고 있다.

이 극의 중추 구조를 이루고 있는 사랑과 우정의 갈등 그리고 배신에 관한 이야기의 소재를 셰익스피어는 그 당시 인기를 모으고 있는 중세 로맨스에서 얻어 왔다고 보여진다. 몇 가지 예를 들어 본다.

우선 맨처음에 펼쳐지는 줄리어와 프로튜스와의 사랑과 작별 이야기, 그리고 남장하여 애인의 뒤를 쫓아가서 프로튜스의 시동이 되는 이야기는 포르투갈의 시인 몬테마요르의 『매혹된 다이아나』(1542)에 나오는 여주인공과 남주인공들의 사랑 이야기에서 표현 방법을 얻고 있다. 그런데 셰익스피어가 스페인어의 원작을 직접 읽었다고 단정하기는 어

렸다. 1578년과 1587년에 니콜라스 콜린의 프랑스역, 1598
년에는 바돌뮤 용의 영역이 출판된 바 있다. 셰익스피어는
콜린의 프랑스역을 읽었을지 모르지만, 용의 영역은 실제로
는 1582년에 이미 완성되어 있었다고 하니 그 역문을 읽었
을 가능성도 추정할 수 있다. 또는 지금은 유실되었으나 몬
테마요르의 같은 이야기를 극화한 듯한 『훼리크스와 리오미
나의 이야기』라는 연극이 궁정에서 공연되었다는 상연 기록
(1585)이 있은즉 셰익스피어가 참고했음직하다는 이야기도
전해지고 있다.

요컨대 셰익스피어는 몬테마요르의 이야기를 골격으로
삼고 그 위에 역동적인 상상력과 뛰어난 표현력을 발휘해
남자들의 우정을 가미하여 사랑과 우정과 배신 그리고 관용
까지 포개어 그 당시의 관객들의 취향에 맞는 로맨스극을
창출했다고 해도 과언이 아닐 것이다. 16세기에 널리 유행
한 이른바 〈우정문학〉에서 셰익스피어는 유형 무형으로 암
시와 영향을 받았으리라고 추정된다. 여기서 한 가지 유념해
야 할 것은 우정이야말로 인간관계에서 가장 소중하다는 것
이 이 작품 속에 들어 있는 작가의 전언(傳言)인 듯싶다.

중세 로맨스의 향기 짙은 희극 『베로나의 두 신사』의 남
자주인공 발렌타인과 프로튜스는 이 세상에서 둘도 없는 그
야말로 막역한 친구 사이이다. 발렌타인은 청운의 꿈을 안고
밀라노로 떠나게 되어 두 사람은 석별을 하게 된다. 프로튜
스는 같은 마을에 사는 줄리어라는 처녀에게 연정을 품고
있어 발렌타인과 함께 떠나려고 하지 않는다. 그러나 프로튜

스의 부친 앤토니오는 아들을 설득하여 화급히 발렌타인을 찾아가도록 한다. 밀라노에 도착한 발렌타인은 밀라노 공작의 딸인 실비어와 서로 사랑하는 사이가 된다. 그러나 공작이 그들의 결혼을 한사코 반대하기 때문에 발렌타인과 실비어는 도망칠 생각을 하게 된다.

프로튜스는 밀라노에 도착하자 공작과 발렌타인의 환대를 받는다. 발렌타인은 친구에게 실비어와 사랑의 도피행 계획을 털어놓고 도움을 청하지만 프로튜스는 첫눈에 실비어의 미모에 반해 줄리어와의 백년가약도 깨끗이 잊어버리고 욕정에 불타 우정까지 배신해 그들의 도피행 계획을 공작에게 밀고하여 공작은 발렌타인을 추방시킨다. 추방당한 발렌타인은 숲으로 들어가 뜻하지 않게 산적의 두목이 되며 그 세계에서 숭앙받는다.

한편 줄리어는 남장을 하고 고향을 떠나 밀라노로 찾아와서 감쪽같이 정체를 속이고 프로튜스의 시종이 된다. 그런 줄도 모르고 프로튜스는 줄리어에게 받은 사랑의 정표인 반지를 그녀를 시켜 실비어에게 보내지만 실비어는 거절하고 오히려 줄리어를 버린 프로튜스를 모멸하며 비방한다.

실비어는 발렌타인을 찾아 숲으로 가던 중 산적들에게 잡힌 것을 그녀의 뒤를 쫓아온 프로튜스에게 구원을 받게 되지만 프로튜스가 그녀를 겁탈하려고 덮치는 순간 발렌타인이 나타나 친구의 배신을 목격하고 힐책한다. 그러나 프로튜스는 진정으로 사과한다. 발렌타인은 그를 용서해 주고 실비어와 발렌타인은 재회의 기쁨을 나눈다.

한편 줄리어가 남장의 탈을 벗고 정체를 밝히자 프로튜스는 그녀의 굳은 정절과 아름다운 심덕에 경탄하여 잘못을 뉘우치고 다시 사랑하게 된다. 그리하여 두 쌍의 연인은 결국 행복한 결합을 이룩하게 된다. 또한 실비어를 쫓아온 공작은 산적들의 포로가 되어 온다. 정황을 듣고 난 공작은 발렌타인을 사위로 맞이하며, 최후에 산적들도 추방처분이 풀려진다. 일동은 발렌타인과 실비어, 프로튜스와 줄리어의 결혼식에 참석하기 위해 밀라노로 돌아간다.

『베로나의 두 신사』는 흔히 있을 수 있는 이야기에 따뜻한 온기를 불어 넣으며 서정의 원광을 두르게 하여 우정과 배신의 극지(極地)에서 돋아나는 투명한 우정을 근원으로 파악하고 있다는 점을 가장 크게 사야 할 듯하다.

유심히 살펴보면『베로나의 두 신사』에서 우리는 셰익스피어의 초기 작품 중에서도 매우 로맨틱한 정신의 풍부함과 대하게 된다. 그러면 셰익스피어가 이 극에서 다루고 있는 것은 무엇일까? 그 까닭은 그가 로맨스의 정수(精粹)라고 일컬을 수 있는 이 희극에서 셰익스피어 초기극의 특징을 투영하고 있기 때문이다. 특히 이 작품을 그의 초기극인『실수연발』처럼 그 당시 사람들의 최대 관심사인 우정과 연애를 테마로 삼아 이를 심도 있게 다루고 있다. 즉,『베로나의 두 신사』는 그 전통적 테마, 가슴이 아리도록 맑은 시정(詩情)을 풍겨주는 연애와 르네상스기의 감동적인 정감으로 적셔주었던 우정을 교묘하고 재미있게 구성하여 가슴이 뭉클해지는 긴 여운을 남기고 있다.

그런데 이 작품에서 눈에 띄는 점은 줄거리와 주제의 전

개에 있어서 극중 인물들은 마치 틀에 박힌 듯한 느낌을 준다는 것이다. 이 극의 여주인공인 실비어와 줄리어 역시 셰익스피어가 즐겨 다루어온 대조적인 성격을 지닌 여성이다. 두 여성은 소위 〈궁정 사랑〉의 이상형에 해당된다. 로맨스에서 찬미의 대상인 여성과는 그 유형을 달리한다. 어디까지나 여성적이며 안존하며 자기의 애정을 충실히 지켜오는 여성이다. 그 당시 많은 작가들은 그러한 타입의 여성을 곧잘 다루었다. 즉 르네상스적인 감성과 당시의 도덕관을 생명체로 여긴 그러한 여성을 셰익스피어도 좋아했고 창조의 대상으로 삼은 것이 사실이다.

여기서 한 가지 간과할 수 없는 것은 셰익스피어의 여성으로서 중요한 위상(位相)을 차지하고 있는 것은 실비어보다도 실은 줄리어라는 점이다. 줄리어야말로 셰익스피어가 창조한 초기 로맨스와는 다른 새로운 유형의 매우 매력적이고 사랑스러운 여성이다.

작품 전편을 꿰뚫고 있는 줄리어의 기지에 넘친 말들은 『베니스의 상인』의 포셔, 『뜻대로 하세요』의 로잘린드, 『헛소동』의 베아트리스와 비교할 만하다. 줄리어의 이 극에 있어서의 역할은 그후에 발표한 『십이야』의 바이올라의 역할과 매우 비슷할 뿐 아니라 한가닥 빛이 되어 독자들이나 관객들을 끌어들이고 있다. 그러고 보면 셰익스피어의 그후에 발표된 글 속의 여인상은 그가 창조한 줄리어의 발전적 변모라고 할 수 있다. 줄리어가 시동으로 변장하고 연인을 쫓을 결심을 하기까지 그녀의 마음속에 엉겨붙은 질곡은 그녀의 신경을 갈기처럼 찢어 버리는 듯한 고뇌이자, 그녀가 바라는 희망과 기대가 있는데 현실적 모순과 실망이 틈바구니가 되어 극적으로 폭발하는데 셰익스피어의 이전의 작품에서 찾아볼 수 없었던 감명과 매혹을 안겨주는 여성이다.

이 작품의 창작 시기에 관해서는 학자들간에 의견이 일치하지 않는다. E. K. 체임버즈는 1594년의 궁내대신극단 결성 바로 후에 상연하기 위해 서둘러 씌어졌다고 하며 1594~95년에 창작되었다고 추정한다. 또한 구체적인 창작 시기에 대해서는 프란시스 미어즈의 『지혜의 보고(寶庫)』(1598)에만 나타난다. 여기에 씌어진 셰익스피어의 6편의 희극의 첫번째로 『베로나의 두 신사』가 게재된 것이다. 운율이라든가 문체의 특징을 다른 희곡과 비교해 보아 1598년을 거슬러 올라 1594~98년에 씌어졌으리라고 보면 무난할 것 같다. 여하튼 정확한 창작 시기는 분명치 않은 것만은 확실하다.

프란시스 미어즈는 그의 『지혜의 보고』에서 셰익스피어에게 찬사를 보내고 있다. 셰익스피어를 영어를 사용한 작가들 중에서 가장 탁월한 희비극 작가라고 극찬했을 뿐 아니라 희극을 손꼽는 데 있어서 『베로나의 두 신사』를 제일 먼저 언급하고 있다.

『베로나의 두 신사』가 기록된 최초의 공연은 1762년 12월 22일 드루리 레인 극장에서 있은 데이빗 개릭의 공연이다. 그러나 상연된 대본은 벤자민 빅터가 대폭 삭제, 변경, 가필을 한, 원작과는 동떨어진 것이었다. 원작 그대로의 공연은 1784년 코벤트 가든에서 있었는데 공연 횟수도 적었고 성공했다고는 할 수 없다. 그후 19세기로부터 20세기에 걸쳐 몇 번의 공연이 있었다. 그러나 1821년 11월 코벤트 가든에서 29회의 공연을 기록한 프레데릭 레이놀즈에 의한 뮤지컬 공연의 성공을 제외한다면 환영받은 적은 없었다. 1841년의 윌리엄 맥레디를 비롯하여 사뮈엘 펠프스, 오즈먼드 타르, 그리고 오거스틴 다리 등의 공연이 있었지만 기록 이상의 의미를 갖는 것은 아니다.

20세기에 있어 최초의 무대도 같다. 1904년 그랜빌 바커 연출에 의한 로열 코트 극장 공연은 그 자신이 스피드역을 하며 의욕을 보였지만 별 성과가 없었다. 1910년 4월 20일 국왕폐하극장에 있어 윌리엄 포엘 연출에 의한 공연, 가면극을 사용한 데니스 캐리 연출의 1951년 브리스틀 올드빅 공연 등이 있었지만 이 희극의 인기는 여전히 좋지 못했다. 1960년에는 피터 홀 연출의 스트래트 포드 공연, 1970년의 로빈 필립프스 연출에 의한 스트래트 포드 공연, 1981년의 존 버튼에 의한 스트래트 포드 공연이 있었다.

『베로나의 두 신사』의 상연사는 각 시대마다 명무대를 모색하면서도 관객을 매료시키지 못했다. 『베로나의 두 신사』의 기념비적인 무대야말로 미래의 연출가에게 위임되는 일이 아니고 무엇이겠는가.

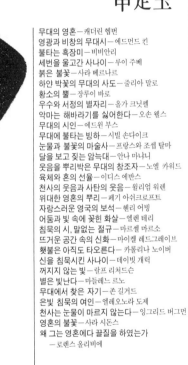

舞台의 전설

명배우 명연기

申定玉

전예원
☎581-3637~9

10년 동안에 걸쳐 번역해낸 현대영미희곡의 걸작들! (전10권)

現代英美戲曲

신정옥 옮김

셰익스피어 전집 18
베로나의 두신사

옮긴이 · 신정옥
펴낸이 · 양계봉
만든이 · 김진홍
펴낸곳 · 도서출판 전예원

주소 · 경기도 용인시 처인구 모현면 초부리 519-6
전화번호 · 031) 333-3471
전송번호 · 031) 333-5471
e-mail · jeonyaewon@lycos.co.kr
출판등록일 · 1977년 5월 7일
출판등록번호 · 16-37호

1995년 11월 15일 초판 발행
2010년 08월 15일   2쇄 발행

ISBN · 978-89-7924-029-0   04840
ISBN · 978-89-7924-011-5   04840(세트)

값 · 9,000원